忘記一個人
有多難

王迪詩 著

王迪詩創作室

目錄

令人懷念

的衝動

現在，我偶爾也會忽然很想很想見一個人，
想得心疼起來，
就像我偶爾會忽然很想很想直奔紐約看梵谷那幅
The Starry Night，
或在半夜忽然很想很想吃熱騰騰的雞蛋仔。
人生不管到了什麼階段都需要任性，
但所謂「成熟」，
大概就是指學習不會因為個人
的任性而傷害別人，
不會把自己的快樂建立在別人的痛苦上。

拍拖要不要日日見？十八歲的時候要，二十八歲的時候有時要。年紀愈大，需要見的時間愈少，甚至更享受自己一個人，自由自在又不用遷就別人。獨處有幾爽？這是累積了人生經驗才會明白的。

少女拍拖，總是希望跟男朋友永不分離。熱戀時，每次見面後各自歸家簡直想哭，恨不得跟這個人遠走他方，不是因為不滿現狀，只是純粹為了浪漫。幸好那時沒有跟男孩私奔，否則兩人天天黏在一起肯定悶死。漸漸長大，會發現人生除了戀愛，還有工作、興趣、朋友……全都可以豐富我的人生。一陣子沒見反而更添思念，有意無意間偷看電話，他在想我嗎？他今天過得好嗎？在乎的話，就算不是天天見也能維繫感情。

人是否愈大愈不需要浪漫？絕大部份人年紀愈大，行事都會變得愈實際，一旦實際就不浪漫了。「但願我可以沒成長，完全憑直覺見對象。模糊地迷戀你一場，就當風雨下潮漲。」張國榮的《有心人》，林夕的詞，道出了那種令人懷念的「衝動」。有些人的對象是「計」出來的，擇偶條件包括對方的身家、職業、學歷，或乾脆表明「我才不會跟你一齊捱，死開啦！」

現在，我偶爾也會忽然很想很想見一個人，想得心疼起來，就像我偶爾會忽然很想很想直奔紐約看梵谷那幅 The Starry Night，或在半夜忽然很想很想吃熱騰騰的雞蛋仔。人生不管到了什麼階段都需要任性，但所謂「成熟」，大概就是指學習不會因為個人的任性而傷害別人，不會把自己的快樂建立在別人的痛苦上。

今夜下著毛毛雨，忽然很想很想聽他的聲音。👑

漁翁撒網式捕女

就算遭女生破口大罵：
「你照吓塊鏡啦！」
他面不改容，call 第二個。你受
就受，不受算數，此人 EQ 之高
是我平生所見的冠軍。有次我問
他：「你為何不去從政？」
他聳聳肩。我是認真的，臉皮
厚過電話簿，不去從政實在
有點浪費。

世上沒有泡不到妞的男孩，只有臉皮薄的男孩。這句話解釋了世上所有求偶成敗的原因。

我認識一個男人，自學會說話以後便沒有停止過泡妞。他結交異性的原則是「貴多不貴精」，換句話說就是「濫」。他雖然跟英俊相距甚遠，但五官齊全，加上五呎十一的身高，在女多男少的香港要結交女友本來毫無難度，只是他泡妞的方式直接得教人吃驚，所以十次有九次都失敗收場。比如他在中學時代參加一個聯校活動，拿著記事簿逐個逐個抄下在場所有女生的電話號碼，不管那女孩的外貌和年齡，從中一到中七大小通吃，然後於次日清晨六時起床，依著記事簿上的號碼逐一打過去，完全不理會對方是否已經起床，也不管這樣會否令人反感，純粹因為記事簿上有一大串電話號碼，不由六時開始打恐怕一整天也打不完。他這個人從不理會別人的感受，所以一輩子都活得非常暢快。

他從未間斷地約會女生，有時遭對方破口大罵：「你照吓塊鏡啦！」他面不改容，call第二個，心裏完全沒半點hard feeling，也從不跟罵他的女生辯論，因為那會阻住他致電給

下一個女生。你受就受，不受算數，此人EQ之高是我平生所見的冠軍。有次我問他：「你為何不去從政？」他聳聳肩。我是認真的，臉皮厚過電話簿，不去從政實在有點浪費。

千萬不要低估這種漁翁撒網的捕女方式，就算每五十次被拒絕四十九次，每一百次就有兩次擊中，而我粗略估計他一年至少拿下五百個女孩的電話號碼，發電郵的話還可以乾脆「to all」，一年加起來便中了十個，這已足夠他當上超級情聖，宅男不妨參考一下。

中途轉
gay

男人對女人 最大的侮辱不是 「不再愛你」， 而是「直至遇上你，我才知道原來我是gay」。

很多人都說性取向是天生的，那為什麼有些女人會在中年以後突然改變了性取向，由原本喜歡男人變成喜歡女人？

這當中必定涉及許多不同因素，我想其中一個原因是她們對男人已經徹底絕望。她們中有在情路上經歷過波折的女人，有些遇過負心的男人，有些離過婚。當然也有女人選擇再接再厲，被騙被騙再被騙。但也有人累透了，心死了，今世對男人都無法再寄予任何盼望。這時若遇上一位同性好友，兩人的腦電波一旦接通，愛情的火花說不定就這樣擦出來了。

我也聽過有已婚多年的男人原是攣的,即使子女都已長大成人,也無法改變這個男人對同性的慾望。到底他們是性取向到了人生某個階段突然易轉,還是天生本是喜歡男人,只是礙於社會眼光才「扭曲」自己跟女人組織家庭?就像活地亞倫的電影《總之得就得》(*Whatever Works*),一個臨老才被妻子甩掉的男人在酒吧飲悶酒,跟鄰座的陌生男人搭訕,兩人聊呀聊忽然click的一聲——有feel!從此白頭到老。戀愛是一場歷險,這一秒身陷絕境,白馬王子卻可能在下一秒鐘出現,把你從谷底拯救出來。假如老婆沒有把他拋棄,也許他永遠也無法重新「發現自己」。這樣說來,離婚簡直就是「回歸真我」的契機。

我認為愛是平等的,不應該有性別之分。但要是我的前度男友中途轉gay,我也難免大吃一驚吧!他是發現自己喜歡男人,還是在認識我以後不再喜歡女人?將一個男人由直變攣,你教我情何以堪?男人對女人最大的侮辱不是「不再愛你」,而是「直至遇上你,我才知道原來我是gay」。👑

唯獨我老公不會

所有男人都會偷食，

曾經，
我真的以為「唯獨我是不可取替」，
就如歌手鄭秀文唱的。
後來才知道，

原來隨手都
　　可以找人代替我。

所有男人都會偷食，唯獨我老公不會

對一個女人最大的傷害，就是揭發丈夫偷食，一刀插入心，傷口永遠不會痊癒。

那種傷害在於震驚，震驚到無法接受：我倆明明很好，為什麼我們一起這麼好你仍不滿足？為什麼！傷害在於對人性的信任徹底崩潰——你是我最信任的人，最愛的人，為什麼竟連你也背叛我？所有男人都會偷食，唯獨我老公絕對不會，但結果也不外如是。

曾經，我真的以為「唯獨我是不可取替」，就如歌手鄭秀文唱的。後來才知道，原來隨手都可以找人代替我。

人就是如此，永遠不會滿足。明明已經把幸福握在手中，依然不滿足。有些錯，永遠回不了頭。

誘惑周圍都有，每個行業都有。有些人被揭發偷食就哭喊著認錯，話好後悔。但講真，若不是遭人揭發，還不是繼續偷食下去？「後悔」是後悔做得不小心，多過後悔做了這件事。

或許我也有錯，錯在太信任你。如果我監控你，時刻管住你，或者你就不會找外遇？傻啦，個心要出去，用鐵鏈鎖住這人也沒有用，控制別人的過程中只會令自己更痛苦，何必呢？就算用 GPS 跟蹤對方，就算聘了私家偵探，難道你可以監控人的心？

我們無法控制別人，唯一能控制的就是自己，所以千萬要記住好好愛自己，把生命的重心重新回歸到自己身上。令你幸福的不是丈夫，不是女朋友，而是你自己。

不要讓婚姻阻礙你尋找幸福。👑

伴侶

偷食，

我的世界

崩潰

了……

那是一種高度，無需為了一個人
要生要死，不會為了別人的一句話而
情緒崩潰。你學會了
處變不驚，從容自在，
這就是女人的最高境界——淡雅。

揭發伴侶出軌之後，一般人會經歷三個階段。

首先，極度震驚和憤怒。接著就會進入第二階段——變身成福爾摩斯那樣去偷看他的手機、查他的信用卡紀錄、八達通行蹤，他的每一個眼神和動作都引起你的懷疑……直至讓自己變成一個癲婆。

第三階段——癲了一段日子，有天突然照鏡發現自己好恐怖。但之後選擇繼續做癲婆，還是醒覺必須作出改變，則因人而異。

揭發伴侶出軌的當下固然難受，正如我在上文所寫的「一刀插入心，傷口永遠不會痊癒」。「不會痊癒」是什麼意思？就是受傷那處永遠不會變回原本的皮光肉滑，即使時間過去了，傷口不再流血但仍會留疤，這段感情已不像以往那般完美無瑕。然而重點不是偷食事件，而是事件發生之後。偷食本身沒有什麼值得研究，任你花式再多，自古以來還不是重複又重複？Boring。揭發伴侶偷食之後，你怎麼辦？這才值得反思。

事情已經發生了，一定要面對現實，別再自欺欺人活在「我好幸福」的泡影中。跌倒不要緊，重點是跌要跌得抵，不要被「受害者」的標籤綑綁，反而要將一件壞事變成好事，從中學習如何令自己變成一個更好的人，學會在不完美的人生活得坦然自在。

對方今後真心改過也好，再次出軌也好，你都可以從容面對，你學會了淡然。這是麻木嗎？當然不是。人生就像一場登山之旅，在山腳只能看見眼下局部一片土地。付出汗水，努力走到高處，看見的風景就遼闊多了，就算局部一些樹木長得不美，也不影響你欣賞整幅壯麗圖畫。

那是一種高度，無需為了一個人要生要死，不會為了別人的一句話而情緒崩潰。你學會了處變不驚，從容自在，這就是女人的最高境界——淡雅。👑

口不對心

當一個男人聲稱「我不是想追你」，其實就是「超級想追你」的意思。他在試探這個女人，把一塊石頭丟進潭水，看看鱷魚這天心情是好是壞。去鱷魚潭就應該有壯烈犧牲的準備，害怕的話，倒不如待在家裏養錦鯉。

我喜歡被人稱讚漂亮，但我才不會讓對方知道我喜歡。假如一個男人看來誠懇十足地對我說：「Daisy，你真漂亮啊！」我會若無其事地蹺起二郎腿，施施然呷一口Earl Grey，心裏其實樂得在放煙花！

如果你問我，為什麼要擺出一副毫不在乎的樣子？難道就不能老老實實地高興一下？那麼我也老老實實地告訴你，這是我作為女人的本能反應，我的大腦和荷爾蒙不容許我「呵呵呵」地回應一個男人的讚美，陰陰嘴笑又是另一回事。有人把這稱為「矜持」，也有人稱為「造作」，但女人天生就是如此。

也有人說，如果一個男人無緣無故針對一個女人，其實他是在暗戀這個女人，卻不敢向她表白，又害怕被她拒絕太沒面子，於是處處針對她來引起她的注意。我對這種說法很有保留，因為這個男人有可能在暗戀這個女人，卻有更大的可能在憎恨這個女人，而且恨比愛的可能性至少大一百倍。要是對方已經把你恨之入骨，你還指著他的鼻子說：「混蛋！我知你其實在暗戀我！」對方大概會加倍憤怒吧。

男人和女人都有口不對心的時候。當男人對女人說：「你知道
嗎，其實……」「其實什麼？有話不妨直言。」「其實……你
別誤會，我不是想追你才這樣說的，你知道我並不是口花花的
那種人……」我肯定他沒有暗戀這個女人，他在「明戀」這個
女人。當他聲稱「我不是想追你」，其實就是「超級想追你」
的意思。他在試探這個女人，把一塊石頭丟進潭水，看看鱷魚
這天心情是好是壞。去鱷魚潭就應該有壯烈犧牲的準備，害怕
的話，倒不如待在家裏養錦鯉。♔

女人
的懷疑論

當賣報紙的阿叔對我說：
「靚女，買咩？」接著又對
菲傭和十歲女童說：「靚女，買咩？」那時
我總會有股跟他理論的衝動，這種事情怎能
信口開河！「靚女」這兩個字必須經過深刻的
思考才說出來，否則就是愧對天下間真正的靚女。

要是你問我最喜歡聽什麼讚美說話，我會很坦白地告訴你，
我喜歡別人讚我靚。

開始寫作後，很幸運得到讀者的厚愛，偶爾會有人鼓勵我說：
「文章寫得還算不錯嘛。」我基於禮貌連聲道謝，心裏其實
一點不覺得興奮。女人能寫文章有個屁用？我認為長得漂亮要
實際得多。

問題是，我是一個刁鑽的女人，我不會滿足於「靚女」兩個字。
當賣報紙的阿叔對我說：「靚女，買咩？」接著又對菲傭和
十歲女童說：「靚女，買咩？」那時我總會有股跟他理論的
衝動，這種事怎能信口開河！「靚女」兩個字必須經過深刻
思考才說出來，否則就是愧對天下間真正的靚女。

別人對我說「你的文章不錯」或「你的文章是垃圾」，我都
沒有感覺。但任何人只要誠懇地讚我靚，我就會心花怒放。
當然，那人只是表面看來誠懇，也許跟報販一樣信口開河，
或故意說相反的話來戲弄我。See，這就是讀太多笛卡兒的

結果，事無大小都懷疑一通。我才不像男人，隨便聽到女人說句「我真係覺得你好叻」就飄飄然信以為真。

如果你說「女人真麻煩」，我基本上不會反對，畢竟女人都是「懷疑論者」。例如：

「我漂亮嗎？」女人問男朋友。

「漂亮。」

「太過份了！你就只喜歡我漂亮！你根本不是愛我這個人！」假如男朋友答「不漂亮」，女人就會握住他的脖子問：「你嫌命長？」

反正怎樣回答都是一樣，在評估傷亡程度後，大部份男人都會選擇傷勢較輕的那個答案。自己漂亮與否，女人其實心裏有數，但女人就是喜歡被人哄，被人寵，而且要哄得誠懇，做戲請做全套，多謝。👑

男人

批死

女人多被

氣死

男人找死，女人多被氣死

以前最流行的詛咒是「當心被雷劈！」後來更常聽到「你媽死了！」。

新浪網有篇文章說男人比女人被雷劈的機會高很多，而文章所指的是美國。那到底美國男人幹了什麼好事，會令他們特別容易被雷劈？該文引述統計數字：從 1995 到 2008 年間，美國共有 648 人遭雷劈而喪生，其中 82% 遇難者都是男性，另一份於 1999 年完成的研究也得出了類似結論。氣象學家還進行了分區調查，發現美國佛羅里達州的居民是「被雷劈排行榜」的冠軍。

究竟佛羅里達州的男人發生了什麼事呢？這聽來簡直就像「羅茲威爾事件」一樣耐人尋味。但老老實實，一個人好端端的怎會遭雷電擊中？新浪文章引述美國氣象學家提供的答案

——雷暴期間，男士往往堅持冒雨幹一些危險性較大的事情，例如打高爾夫球，女性則有更多可能性留在安全地帶避雨。

我確實曾聽過一個朋友跟老公狠狠吵了一架，就是為了高爾夫球。「橫風橫雨返大陸打 golf？」老婆質問。丈夫已把球桿等用具收拾妥當，隨口回了一句：「跟朋友們約好了。」「你有這麼熱愛運動？準是急急腳上去搞女人吧！」

行雷閃電打高爾夫球，八號風球去滑浪，三十五度去行山，然後勞動飛行服務隊來拯救。死有輕於鴻毛，重於泰山。狂風雷暴去打高爾夫被雷劈死，非但輕過鴻毛好多好多，簡直就是無聊透頂。

男人喜歡乘風破浪，女人寧願無風無浪。所以女人比較長命，也較少被雷劈。女人多是被氣死，而不會找死。♛

男人找死，女人多被氣死

直和攣的不同關注

男人順序注視的是女人的胸、臉、腿。至於內涵，是在看夠了胸、臉、腿、臀、腰、手、頭髮和耳朵之後，假如都合格了，而又反正閒著沒事幹，也就不妨注意一下內涵。而這內涵，當然不是指才智修養，而是指能否體恤男友、夠不夠溫柔。

同性戀和異性戀的男人，看待女性的其中一個分別在於「第一眼」關注什麼地方。

有次我和兩位男性朋友吃飯，聊起大家「第一眼」會注意女人什麼地方。他們一人是「直」的，另一人是「攣」的。當然，基佬看得最多的還是男人，但他們也會看女人，因為不管你是直是攣，世上所有人都喜歡看美麗的人和物，正如女人也會忍不住看漂亮的女人一樣。再說，同性戀的男人有不少對美的觸覺特別敏銳，因而在創作方面常有不錯的成就，我覺得有時候他們更懂得欣賞女人呢！

「我第一眼會看她的打扮有沒有 taste。」攣的那位是這樣說的。So you see，taste！品味反映一個人的個性、思想、內涵，這對一個「直男」來說太迂迴了。「我第一眼看胸部。」直的那位這樣說。果然直到爆。

我從沒期望男人第一眼看見我，會關心我是否愛讀莎士比亞。

男人順序注視的是女人的胸、臉、腿。至於內涵，是在看夠了胸、臉、腿、臀、腰、手、頭髮和耳朵之後，假如都合格了，

而又反正閒著沒事幹，也就不妨注意一下內涵。而這內涵，
當然不是指才智修養，而是指能否體恤男友、夠不夠溫柔。

為了博取男人一望，有些女人選擇隆胸。可能世上也有女人
為了令自己開心才跑去隆胸，只是我本人從未聽過。但胸部
的尺寸是沒有盡頭的，我只能引一句：「以有涯隨無涯，
殆已。」如果你有幸找到一個真心愛你的男人，不論你的
胸、臉、腿、臀怎麼模樣都一樣愛你，那在他眼中，宇宙間
就只有你一個，獨一無二，沒有人比你大，也沒有人比你小，
你就是你，天下無雙。👑

最殘酷的再見，
是不說
再見

喜歡一個人需要表白，離別的時候要好好說再見，生日要吹蠟燭吃蛋糕。只有真的很厭惡一個人，厭惡到不想跟他解釋，不想再看他一眼，或明知解釋完對方也不會明白，才會選擇無聲無色地離開。

最殘酷的再見，是不說再見

45

在許多分手方式中，無聲無色地消失傷害最大，也許比出現
第三者的傷害更大，因為沒有人可以責怪。

我是隨時可以被扔掉的廢物嗎？Am I a joke to you？我們以往
相處的這些時光對你都毫無意義嗎？怎麼你竟能話散就散完全
沒有感覺？我到底做錯什麼？到底發生了什麼事？一切都成了
問號，這段關係只能在一片莫名其妙的渾噩中粗暴地結束。
最殘酷的再見，是不說再見。

電影《少年Pi的奇幻漂流》(*Life of Pi*) 有一幕講少年和老虎
歷盡艱辛後終於漂流到陸地，老虎卻一下躍入森林，頭也不回，
Pi只能望著老虎漸漸消失的背影流淚。他之所以如此悲傷，
因為那是一場「頭也不回」的離別，這在電影裏象徵死亡，
Pi在沉船中失去親人，卻連道別的機會也沒有。

喜歡一個人需要表白，離別的時候要好好說再見，生日要吹蠟
燭吃蛋糕。只有真的很厭惡一個人，厭惡到不想跟他解釋，
不想再看他一眼，或明知解釋完對方也不會明白，才會選擇
無聲無色地離開。當然也有可能因為做錯事不敢面對、欠債想

乘機走數、末期癌症不想對方傷心才悄悄離開，但結果變成在對方的心多插一刀。

漁民從遠古時代就會在出海之前拜神，現代人早上喜歡以一杯咖啡來標誌一天的開始，夜晚點上香薰為一天作結。珍珠奶茶突然爆紅的時候，有人到新店排隊三小時。真那麼好喝嗎？有學者說重點不是奶茶，而是大夥兒排隊所產生的儀式感。

日本人把生活細節儀式化，由茶道、園藝到一份便當、一盒和菓子，都包裝成精緻的禮物。人需要儀式感，它為我們每天重複做著的事賦予獨特性，使生存變成生活，好比把「意義」用筆親手寫在標貼上。在法國名著《小王子》，狐狸說：「它就是使某一天與其他日子不同，使某一時刻與其他時刻不同。」👑

所謂「模範夫妻」

我見過在鏡頭前十指緊扣的「模範夫婦」，在外面soul-mate前soul-mate後羨煞旁人，後來從他們身邊的人知道原來妻子一直偷偷看精神科醫生，因為老公在外面有很多女人。

某女士是一間律師行的合夥人。她的丈夫是醫生，兒子今年將到英國升讀大學，夫婦倆剛在馬爾代夫慶祝結婚二十周年。

剛大學畢業的時候，每次看見這種女士我都會打從心底裏讚嘆：「啊，二十年來恩愛如昔，真是名副其實的模範夫妻！」在中環混了幾年之後，每次看見這等「模範夫妻」，我的反應已變成了：「Wow. Awesome.」然後繼續吃飯。

為什麼我的反應會由驚嘆轉為平淡？無他，行走中環，無可避免會遇上一些有名、有權、有錢的人，也無可避免會偶爾不小心窺見他們真正的生活。譬如說，我見過在鏡頭前十指緊扣的「模範夫婦」，在外面 soul-mate 前 soul-mate 後羨煞旁人，後來從他們身邊的人知道原來妻子一直偷偷看精神科醫生，因為老公在外面有很多女人。

因為遇過這些「模範夫妻」，所以我從不評論別人「好端端的為什麼要分開？」、「明明是金童玉女為何要離婚？」、「那麼好的男人居然不肯嫁！」等等。在我聽來，這些全是廢話。假如真是「那麼好的男人」，當然是連滾帶跑的飛撲過去再用鉸剪腳鉗住他的脖子，但你怎麼知道他是「那麼好的

男人」？你跟他認真相處過嗎？你試過跟他獨處一室嗎？
外人看來風光，可兩個人回到家裏在四面牆之內發生的事，
你懂什麼？

也許有人會問，Daisy，那是說你不相信愛情，不相信婚姻
嗎？我當然相信。我百份之三百肯定世上存在至死不渝的
愛情、海枯石爛的婚姻，只是那會否發生在閣下身上而已。
正如大家經常哭問蒼天：「為什麼我不是李嘉誠個仔！」
但李嘉誠的而且確有兩個仔，只是那不是閣下而已。👑

強迫愛我症

有一類男人覺得嫁給他是世上最幸福的事。對著鏡子，他會深深讚嘆自己真的好型，好型，轉個圈，嘩，型到爆。他也認為自己好醒，好有內涵，好有品味，心地好而且非常謙虛，**所有女人看見他都應該連跑帶滾飛撲過來**，只有不正常的女人才會不喜歡他。

Frankly，我並不討厭這種男人，甚至有點感激他不斷為身邊的人提供娛樂。每個人都有權覺得自己好型，除了自戀和不自量力，其實他並未為別人造成影響。他只是覺得你不愛他是你白癡，僅此而已，你不愛他自有一大堆女人等著飛撲過來，教他應接不暇。簡單來說，是一個EQ不尋常地高的笨蛋。

令人討厭、甚至害怕的是另一種患上「強迫愛我症」的人，患者可以是男，也可以是女。他們並不一定自戀，只是覺得我這麼愛你，你也應該同樣愛我。我有一個朋友的姊姊，十多年前遇過這樣一個男人，今天提起猶有餘悸。她姊姊在銀行上班，一個客人聲稱對她一見鍾情，天天送鮮花和禮物到她公司，每天致電她辦公室五、六十次，等她上班下班，儘管她把禮物全數退回，並明確地請男人停止這種行為，癡漢卻完全不理會她的感受。一天她回到公司，發現同事們圍著一個大箱子議論紛紛。「給你的。」一個女同事說。原來是癡漢

送來的「禮物」。那時電子產品仍未流行，箱子裏是一部
電視機連錄影機，當中的錄影帶播著「女神」上班下班和
日常生活的行蹤，顯然是站在某處偷拍得來的。「女神」
嚇壞了，馬上報警，後來聽聞循法律途徑解決。

遇上「強迫愛我症」的傢伙，真倒楣啊。♛

女人的
武器
是時間

我相信不少女性都曾有過這種經歷：
分手的時候，哭著說無法跟這個男人
一起我會遺憾一生；一段時間之後回望，
才發現**假如跟這個男人一起
我會抱憾終生。**

假如你在二十五歲之前能有這樣的頓悟，表示你是一個有智慧的女人。笨一點的，同一個錯誤可能要犯上三次、五次、N次，直至一把年紀才不得不面對現實。到了最後，蠢女人也有蠢女人的覺醒，她們終歸也會發現自己受騙。至於發現之後是否「選擇」繼續被騙，又是另一回事。所謂「永遠不醒」的女人，其實是她們選擇繼續留在夢中，拒絕面對現實。這樣的人都是悲劇——自製的悲劇。

Well，你可以說時間是女人最大的敵人，但也可以說是女人最強的武器。如果時間永遠不會過去，相信很多人都會瘋掉吧。也許有人說，永遠留住少女時的廿三吋腰，多好！但要知道時間一旦凝固，留住的不只美好，還有悲傷，而且時間停止教人最受不了的，是你的命運永遠沒有改變的可能。那就是說今天跌倒了，你將永遠沒有機會爬起來再向前走；你今天跟這人分手，你將永遠不可能遇上另一位更好的。這樣的人生除了讓你忍不住吐出一聲shit，請問還有什麼希望？

所以，儘管時間會奪去女人的青春，時間也是女人最強的武器。因為時間流逝，女人才會成長，變得更加成熟，更有智慧，

拿得起也放得低，這樣的女人才有能力為自己爭取幸福。
時間讓人把事情看得更清，把愛情看得更透，終於明白
「塞翁失馬，焉知非福」的道理，感謝他當日一腳伸開你。 ♛

陪我 陪我 陪我

陪我！

男朋友不在身邊，
她的人生一下子
失去了重心，
從前下班後
便跟男友吃飯逛街，
周末也是跟他吃飯逛街，
如今男友不在，
可以找誰？
她這才發現
原來自己沒有朋友。

有些女生不能忍受自己一個人，一分鐘也不能。

如果Michelle願意學習獨處，也許她就不會失去Samuel。
自從Samuel調職到紐約，Michelle覺得每一天都難以忍受。
男朋友不在身邊，她的人生一下子失去了重心，從前下班後
便跟他吃飯逛街，周末也是跟他吃飯逛街，如今男友不在，
可以找誰？這才發現原來自己沒有朋友。

幸好我不是她的朋友，極其量只是acquaintance，否則她一天
到晚找我真會被她煩死。我很怕這種女人，她們沒有嗜好，
沒有朋友，對世上種種有趣的事物無動於衷，她們只是依附在
男人身上，沒有自我，因而喪失了魅力，已不是男朋友最初
喜歡的那個她了。自己都不看重自己，如何要求別人看重你？
整天黏著男友也不是因為愛得難捨難離，而是慣性依賴，時時
刻刻需要身邊有點會走會動的「什麼」才安心，明明已經養了
兩隻狗呀。

有次shopping碰見Michelle，她居然邀我這個九唔搭八的人去
afternoon tea，也許她實在找不到一個可以傾訴的對象吧。只見

她愁眉苦臉地攪拌著那杯咖啡，渾身散發著一股強勁的負能量。

「Samuel 要跟我分手……」她說。語調裏的負能量急升三倍。

我呷一口 Earl Grey，不予置評。

「Samuel 初到紐約一個月後，我受不了在香港獨自一人，於是辭掉工作飛到美國找他。但我在美國沒有收入，半年後還是被迫回來香港。我們同居多年，早已習慣了身邊有個人，我獨自留在香港好悶啊，好想有人陪。Samuel 說再也受不了我每天十多個長途電話，受不了我每次在電話裏哭哭啼啼，終於，他說……分手吧。」👑

同是天涯
淪落人

如果肝腸寸斷後依然忘不了，用嫖賭飲吹來麻醉
自己會有用嗎？更有用的大概是「時間」吧。
再轟烈的愛，日子久了
也會歸於淡然。

唐代大文豪白居易，真教人又愛又恨。

安史之亂是唐朝的分水嶺。此後的大唐徒具空殼，儘管沒有
在短時間內滅亡，昔日的光輝盛世已一去不返。白居易是在
安史之亂結束九年之後出生的，仍受戰亂之苦，小時候頻頻
走難遷徙。雖然祖輩也曾做官，但青年時期的白居易家境貧困，
於是拚命考取功名養家。因為吃過苦，所以他寫詩寫得貼地，
例如《賣炭翁》就是為弱者申冤，以平實易懂的文字刻劃民間
疾苦，拿著一支筆為民發聲，真是發光一樣的有為青年。

白居易十五歲的時候，詩作就有「野火燒不盡，春風吹又生」
的壯志，努力一步步向上爬。好不容易當上皇帝身邊的諫官，
他竟然真的直諫，甚至大膽到指出老細的錯誤，不惜得罪
全世界，是個正直無私的人。這叫「不成熟」嗎？「唔識做人」
嗎？沒多久，白居易就「成熟」起來了。

被貶江州之後，他完全變了另一個人——獨善其身、摳真銀、玩女人。太頹廢嗎？於是學佛，一秒變清高，心安理得。說他生逢亂世，下句必然就是「身不由己」，墮落可不是本人的錯，就算努力又可以改變什麼。但如果白居易知道自己的詩在一千多年後仍被傳誦，也許他會相信自己真的可以改變一些人。

才子風流，亦即爛滾。可是白居易縱情於一堆女人之前，確實也堅守過真愛。他的初戀——湘靈。青梅竹馬相知相交了八年，兩人海誓山盟。可惜婚事遭白母極力反對，湘靈被嫌棄出身低微，才子居然抗爭到三十六歲才在母親以死相脅下讓步，娶了名門閨秀。在古代，三十六歲才娶妻可真是超級遲婚了。湘靈一直等，結果等到情郎娶了另一個女人，湘靈最終選擇出家為尼。是的，其實她還可以另嫁他人，或繼續單身，但她當初許下了非君不嫁的承諾，誓言嫁君不成便當尼姑，她選擇了守住承諾。

白居易的母親是患有精神病的，據說常在家裏尖叫，拿刀砍人，兒子聘來兩名私家看護貼身照顧，卻只一刻看漏了眼，母親便因看花而墜井去世。這還成了白居易被政敵攻擊的把柄，說他母親死在井裏他還寫「賞花」和「新井」詩，極為不孝，儘管這些詩是母親去世前就寫下的。有人甚至造謠說白居易為了娶意中人而謀殺親母，如此危險人物豈能留在皇帝身邊？只落得貶官下場了。

後來才子變成陶醉於聲色犬馬，「櫻桃樊素口，楊柳小蠻腰」寫的就是歌妓樊素的櫻桃小嘴和小蠻那楊柳般的纖腰。如果肝腸寸斷後依然忘不了，用嫖賭飲吹來麻醉自己會有用嗎？更有用的大概是「時間」吧。再轟烈的愛，日子久了也會歸於淡然。最後，原來答案就在白居易《琵琶行》的這一句——「同是天涯淪落人，相逢何必曾相識」。♛

失戀上癮?

有種人永恆地處於失戀的狀態，
有時候甚至是「重疊失戀」，
即同一時間因為多於一個對象而苦惱，相當忙碌。

如果某件事只發生一次，可以稱為「個別事件」或「一時失手」。但假如同一件事重複又重複地發生好幾次，則似乎不是天意弄人，而是這個人自己在玩弄自己。永恆地處於失戀狀態的人就是一個例子，他們彷彿沒有一點失戀的衝擊就活不下去，好像我的舊同學Samson，他愛上了女孩A，但她表明已有男朋友，不會跟Samson在一起。大概不想失去一個「觀音兵」，所以A還是繼續跟Samson吃飯逛街。

他苦戀女孩A之際，同時又愛上了女孩B，而B又剛巧已有男友，Samson卻繼續苦戀著她（及A）。正所謂一波未平，一波又起，女孩C就在這時出現，並迅速成為Samson的新女神，不用說C亦已有男友，根本不會跟Samson一起，但又繼續把他當兵。他非常痛苦，經常失眠，我甚至懷疑他忙著幻想在ABC三個女孩當中選一個，陷入了人生交叉點。

第一次愛上一個名花有主的女孩，可以解釋為命運的安排，timing不對。第二次看上的女孩同樣已有男友，還可以賴流年不利。第三次呢？一連三次愛上已有另一半的女孩，而且每次喜歡的女人都愛收兵攞人著數，是自己眼光差還是犯賤有鋪當兵癮？經過兩次「中招」，第三次不是應該先查清女孩是否已有男友才「瞓身」去愛嗎？說來奇怪，但有些人對失戀有種莫名的嚮往，可能看太多韓劇。噢！既然我們無法相愛，上天為何偏偏安排我們相遇？嘩，淒美到呢……醒醒啦，好心。♛

怎樣才是

疼愛我？

有些人總是躁狂地對你咆哮：「我這樣疼你，你卻老是他媽的不諒解我！」我唯有他媽的感謝你如此疼我。

男人要怎樣做才算是疼愛女朋友？每個人心中的定義也許都
有點不一樣。如果我說疼愛我首先要尊重我，也許又得進一步
辯論「尊重」的定義了，因為有些人確實認為「我大聲唔代表
我唔尊重你」。

Alright，那就讓我說得具體一點吧。對我來說，疼愛我的男人
不會強迫我做我不喜歡的事，見我不喜歡見的人；不管心情
多壞，絕對不會大力把門砰一聲的關上，能夠做到這兩件事
已算是相當疼我了。也許你會驚訝地說，啊，Daisy，想不到
你這麼容易滿足！我倒覺得要做到這兩點並不容易。很多人
（包括男人和女人）往往喜歡把自己的主意強加於別人身上，
美其名「為你好」，其實純為滿足他們自己。我 Daisy 向來
最看不起這種虛偽的人，霸道就承認霸道，怎麼又要包裝得
如此偉大？「愛」是一個很方便的藉口，因為愛你所以用麻繩
綁住你怕你在街上被人拐帶，因為愛你所以不容你在外面有
朋友怕你撞上壞人。這種人前世大概是獄卒，偏愛看管囚犯，
而且不知何時才能放監！放手讓心愛的人做自己喜歡的事，
以她自己的方式去活，這樣她才能發熱發亮。如果愛你會令我
失去自己，我寧願不愛你。

疼愛我的男人也從來不會對我黑口黑面。不管心情多壞，絕對不會大力把門砰一聲的關上，不會因為自己心情不好而對我亂發脾氣。拍拖應是開心的事，我不明白為何拍拖要看人面色。港女常被說成小姐脾氣，但男人老狗經常發脾氣不是更惹人討厭嗎？有些人總是躁狂地對你咆哮：「我這樣疼你，你卻老是他媽的不諒解我！」我唯有他媽的感謝你如此疼我。👑

如果愛你會令我失去自己，
我寧願不愛你。

會下廚

的 女 人

你跟她説，去做你自己喜歡的事吧！可她根本不知自己喜歡什麼，一直都是那個男人喜歡她做什麼她就做什麼。

Covid 期間避疫在家，晚晚吃自己做的飯兩星期後，我開始明白為什麼男人常說識娶一定娶會下廚的女人。

有那麼一種菜，不能放在餐廳賣，卻晚晚吃也不會厭，遇到會這樣下廚的女人真想用力拍一下檯大喊「娶得過！」。我自己卻沒興趣當這樣的女人，請問做個「娶得過」的女人能提升我的生活質素嗎？不下降已經偷笑吧！享受優質生活的是那個幸運的男人。我也不知見過多少廚藝精湛、賢良淑德、超級「娶得過」的女人，丈夫仍是去滾。正是因為她這麼好，不會發爛，萬事為了顧全家庭，丈夫才滾得那麼無後顧之憂。

日劇《摘星廚神》有一幕講年過半百的鈴木京香做了一頓家常菜，飾演高傲廚神的木村拓哉淡淡然說：「這樣的菜，即使晚晚吃也不會厭。」原來劇中的鈴木京香是私生女，從小看著母親天天打扮，天天做美味的菜，就為了那個男人可能隨時會來，而他其實一星期只來一次。對這個女人而言，若不是這麼努力隨時隨地打扮漂亮和準備美食，那個男人可能連僅有的一次都不來。

每次看見將自己放得很低很低、自願被隨時召喚隨時拋棄的女人，我就覺得好煩。要是你告訴她，hey，其實你可以活得更快樂呀，其實你有得揀呀，她也是聽不進去，因為她的整個世界裏都沒有自己，只有那個得閒就來吃一頓飯的男人。你跟她說，去做你自己喜歡的事吧！可她根本不知自己喜歡什麼，一直都是那個男人喜歡她做什麼她就做什麼。為了討好男人才打扮也沒意思，永遠都有人比你年輕，比你瘦，比你胸大。女人應該為了自己開心而扮靚，我喜歡穿得漂漂亮亮的感覺，這是一種很單純的生活情趣，令陰天也有色彩。

與其當娶得過的女人，不如培養自己成為一個有腦的女人，多看書，多見識，有腦就會有眼光，在人海挑個嫁得過的男人。♛

女人買鞋與男人泡妞

男人不明白為何一個女人可以同時擁有三十雙鞋子，正如女人不明白為何一個男人可以同時擁有三個老婆。

腳只有一雙，怎會需要三十雙鞋子？心只有一顆，如何去愛三個老婆？

女人買鞋與男人泡妞如出一轍，同樣都是多心。分別是買鞋需要花錢，泡妞卻未必一定需要花費，有時甚至倒過來賺到錢，有種男人的本領超乎人類的想像，也有一種女人愚昧得教人難以置信。

另一方面，選購漂亮的高跟鞋是一種享受，至於擁有三個老婆又是否一種享受？Well，大概只有齊人自己知道吧。有些人表面風光，內裏滄桑。看來過癮的事，說不定有苦自己知，這個世界畢竟沒有免費午餐。

男人的「多心」並不止於泡妞，他們購物其實跟女人一樣多心，只是大家買的東西不同而已。我認識一個男banker，一個人擁有五部車，我問他是不是打算轉行搞物流，他聳聳肩說買車是人生最大的享受。買來以後就這樣放著，因為工作很忙也沒有太多時間享受駕駛的樂趣，可他就是喜歡那種擁有的感覺，閒時看看它們，欣賞一下車身的線條，所有煩惱都會一掃

而空。當然啦，在這本書推出增訂版的2024年，香港bankers已經冇啖好食，搞不好已賣掉四部車，留一部讓自己揸Uber。

然而他對買車的感受我倒也能夠明白，所以我常說購物是一種「精神排毒」，花出去的錢，值得。雖然我不明白買車有什麼好玩，但我並不反對男人買車，做人還是應該公道一點。我平日買回來的高跟鞋也同樣在家裏擱著，有些甚至連包裝都從未拆開，往衣帽間一丟就那樣忘得一乾二淨，可我就是享受購物的過程，所以我還是會繼續買。你說這是浪費？我從來都是資本主義的奴隸。👑

是在拍拖嗎？

我們這樣……

男同事天天發訊息給她噓寒問暖
卻不肯表白，她終於忍不住攤牌：
「你到底想點！」男同事回訊：

「我想跟你在 WhatsApp
談一場戀愛。」

（下省她的一千字粗口）。

我們這樣⋯⋯是在拍拖嗎？

情人節快到了，朋友 Phoebe 一個月前已興奮得無法入眠。
她有男朋友嗎？沒有。但她預計自己將會有，好快就有。這種
即將展開戀情的期待比戀愛本身更令人陶醉。

「我肯定他喜歡我！99% 肯定！現在就只差等他表白，難道
他打算在情人節那天給我驚喜？啊……我該穿哪條裙子？現在
減肥來得及嗎？天啊我該怎麼辦──」

「他約你情人節到什麼地方？餐廳三個月前就要訂位了。」
我隨口問道。

「他還未約我，但我們是同事，在公司天天見面，我估計很快
就會收到邀請了！他對我事無大小都關懷備至呢……」然後
Phoebe 讓我看那位男同事給她的訊息，數量多得驚人，一日
幾百條來訊（明顯份工好 hea），確實關懷備至，但不知為何
感覺怪怪的，有點像上網找陌生人聊天打發時間。我當然沒
說出來，人家好事近我又怎好掃興。

日子一天天過去，直至距離情人節不足一星期，男同事依然
沒有任何行動。Phoebe 急了，終於忍不住做了一件在她看來
「打破矜持」的大事──約他食 lunch。

「你們是天天見的同事，每日幾百條WhatsApp，差一步就要示愛了，居然只一起吃過一次飯？而且還是公司annual dinner大鑊飯！」我很驚訝。原來男同事從未在上班以外的地方跟Phoebe見面，就連一次約會也沒有。奇怪的是那些訊息誠懇又窩心，並不是會跟「普通朋友」講的說話。

「這傢伙是不是有老婆的？扮單身同你flirt？」我問。Phoebe面有難色地說：「我打聽過，他真是單身的，可是每次見面他都很陌生，跟WhatsApp那個熱情健談的他簡直判若兩人。」

怪人一個，我不知Phoebe喜歡他什麼。當晚這位女生忍不住發訊息攤牌：「你到底想點！」這大大超越了她作為女人的底線。男同事回訊：「我想跟你在WhatsApp談一場戀愛。」（下省她的一千字粗口）。那夜，Phoebe打爛了那部可惡的手機。♕

我的
擇偶條件

假如跟這個人一起不開心，就算他富甲天下，就算他送我私人飛機，我依然覺得慘過去死。

記者訪問我的時候必問這個問題：「Daisy，你有什麼擇偶條件？」我的答案是：「我說一個笑話，他懂得笑，這叫匹配。」

我所說的就是幽默感。不止擇偶，擇朋友也是一樣。對著一個沒有幽默感的人，話不投機半句多。我以為自己好幽默，他眼眨眨毫無反應，問：「吓？我應該笑嗎？」世上沒有比這更無癮的事了。

是的，我的擇偶條件就是幽默感。「就這麼多？原來要征服王迪詩好容易啊！」有記者說。幽默感跟智力水平成正比，蠢人是沒有幽默感的，他們只能一板一眼地活，對生活中的一切過份認真，缺乏想像力，無法領會說話中的「隱喻」，也聽不懂所謂的「弦外之音」，被人嘲諷也不知自己正在被人嘲諷。也許有人會說，蠢不是也挺開心嗎？豬也有豬的樂趣呀。他自己當然開心，痛苦的只是嫁給他的女人。

有幽默感的人往往比較看得開，對生活中的辛酸都能一笑置之，凡事不會過於斤斤計較，這是一種四両撥千斤的智慧，所以有幽默感的人非但 IQ 高，EQ 也高。這樣說來，有幽默感真的「好容易」嗎？跟一個富幽默感的男人聊天，我只把話

說了一半，他就心領神會微笑了，還有本事搭得上嘴，反應快，頭腦好，這樣的男人好性感。

記者追問：「你的男朋友不需要大把錢？那如何供你買衫買鞋？」錢，我自己有本事賺。我王迪詩從來不花男人的錢，這麼大個人了，難道買個手袋都靠男人？我知道，很多女人都買得起，只是不想花自己的錢，有男人送手袋才顯得自己幸福。我想每個人對「幸福」的定義不同吧，我只是談個人的看法，對我來說世上最爽的事，莫過於用自己辛苦賺來的錢去買自己喜歡的東西，我用這些東西時也會特別開心呢。👑

一 物 *治* 一 物

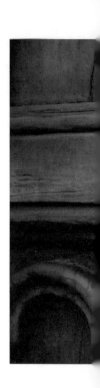

女人之所以「中招」，有時候並不在於這個男人的客觀條件，**而是他在某方面突然 hit 中這個女人的死穴，**一物治一物，以後女人便再也無法離開他了。Yeah I know，聽來有點像撞邪，但確實非理性所能解釋啊。

「條件這麼好的女孩，怎可能喜歡這種人渣？」我們對 Alice 的戀情議論紛紛。Alice 性格開朗，樣子不錯，是一個有才華的年輕女孩，以她精明的個性在商界很吃得開。加上她的父親是一名富商，讓她從小在商界認識不少 auntie 和 uncle，廣泛的人脈對她從商也極之有利。

這位能幹漂亮的有錢女，為什麼竟會愛上一個平庸、樣衰而且爛滾的狗公？Alice 大把人追，可她卻不可理喻地偏愛這個男人。即使他一次又一次傷害 Alice，炒燶股票要她還債，在外面還有許多女人，Alice 依然會在鬧翻後回到他的身邊。你以為不可能，但這種事情我見過不止一次。我不能說這個狗公不愛 Alice，因為他的智力水平還未足夠讓他明白「愛」，他的良心也沒有發育健全讓他去愛任何人，所以「愛」字用在他身上根本九唔搭八。

難道以 Alice 的才智會不知這傢伙在騙財騙色？她當然知道，可女人的才智又有多少能用於感情事上？女人之所以會「中招」，有時候並不在於這個男人的客觀條件，而是他在某方面突然 hit 中這個女人的死穴，一物治一物，以後女人

便再也無法離開他了。Yeah I know，聽來有點像撞邪，但這確實並非理性所能解釋的，真要「解釋」的話，我唯一想到的原因是前世欠了他的人情，今世特地來向他還債。

有次與幾個朋友喝酒聊天，我的電話響起。

「是Philip吧？」我掛線以後其中一個男孩問我，他那語調有點酸溜溜。

「你又知？」我拚命忍住不讓那微笑浮於臉上。

「你對電話中的那個人說話好溫柔呢！大概只有Philip才有特權被你溫柔地對待吧，你平日對我好兇！」

「這叫親疏有別。」我說。但我心裏知道，終於有人治到我了。👑

不可理喻地
喜歡你

98

Lilian 知道 Joe 對她最好，可她並不愛這個男孩，這就連陌生人都看得出來，Joe 自己也非常清楚，但他選擇等。每天給她買早餐，上課時替她抄筆記，下課後幫她做功課，下雨給她撐一把傘，搬家時為她做苦力。他就是喜歡這個女孩。

大學時有位女同學Lilian，她身邊有個如影隨形的男孩Joe。
一班同學聚在一起，Lilian總是指著Joe說：「他不是我的
男朋友！」以免其他男生以為她名花有主，被斷了後路。那時
Joe總是微微一笑，默言無語。與其說是微笑，倒不如說是
苦笑吧。可是娘娘又會久不久派軍糧，有時甚至暗示Joe
再努力一點或許就有機會啦。於是這男孩就真的拚了命，他就
是那種在女神身邊默默守候、相信終有一天會感動她的男孩。

其實我不大相信愛情可以因感動而生。愛情是不可理喻的，
我們總是無法解釋為何站在某人面前心會怦怦亂跳；也無法用
理性去解釋為何這人一次又一次傷害我，我卻對他難以忘懷。
感動卻是在很多事情發生後，我們對某人改觀了，覺得這人是
待我真正的好，或出於報答，或為了給自己找個生活的保障，
在理性上開始覺得「應該」跟這人一起。

這就是問題所在——應該。在愛情的角度裏，根本沒有應不
應該，要愛就愛。

Lilian知道Joe對她最好，可她並不愛這個男孩。這就連陌生人
都看得出來，Joe自己也非常清楚，但他選擇等。每天給她

買早餐，上課時替她抄筆記，下課後幫她做功課，下雨給她撐一把傘，搬家時為她做苦力。他就是喜歡這個女孩。

感動是一件事，愛不愛你又是另一件事。這一點不能怪Lilian，不喜歡Joe並不是她的錯，但為什麼要讓這男孩一直癡癡地等？為什麼不向他告白？因為有個忠心耿耿的觀音兵服侍自己，有個永遠stand-by的後備，為Lilian帶來極大的安全感，於是她偶爾向他撒撒嬌一副欲拒還迎，讓男孩心存希望。這女人心地不好，不值得愛。他分明憨居，卻是一個好男人。你無福消受，可別暴殄天物。♕

扮靚

是一種

使命

我認為打扮漂亮是一件很
有意思的事，
*I'm decorating
the city*，
自己心情好之餘，別人看著
心情也會愉快起來，我在促進
社會和諧，任重道遠。

都什麼年代了？真沒想到現在仍有女讀者來訊說因為重視衣著打扮而遭同事批評「沒腦、膚淺」，拿一個稍為漂亮的手袋都驚在公司被排擠。

不是醜婦才有資格讀莎士比亞吧？漂亮的女人也可以精通文學藝術，對人生和世事有自己的看法。外表和內涵並非對立，而是可以並存的。我認為打扮漂亮是一件很有意思的事，I'm decorating the city，自己心情好之餘，別人看著心情也會愉快起來，我在促進社會和諧，任重道遠。

我是真有點驚訝的，不論學歷、階級、年齡、出身，居然都有不修邊幅的女人。明明大把錢卻出席任何活動都是一身落街買餸的造型，難道不懂尊重一下場合嗎？沒錢沒時間不是理由，在H&M或Uniqlo用很便宜的價錢買件恤衫加上簡單飾物，上班或朋友敘會已經很得體了，連這麼基本都不願意做，就別抱怨自我形象低落了。

外表跟自信有直接關係，但如果你以為「長那麼醜，難怪她沒有自信！」，那就錯了。有些女生覺得自己不漂亮，所以沒自信，可是我認為真正問題並非這些女生「覺得自己不漂亮」，而是她們「不喜歡自己」。分別很大，因為不漂亮也可以喜歡自己；反過來，美女也不一定喜歡自己，有些美女認為自己不夠美，不夠瘦，別人比我更美，身材更好，因而對自己諸多不滿。所以，問題的根源是自己怎樣看自己。

衣著打扮是表達自我的一種方式，重視儀容是自愛的表現。想人愛，首先就要自愛。連自己也不喜歡自己，如何期望別人喜歡你？

剛畢業出來工作的頭一年，有一回我失戀，世界末日似的，我覺得這一生都不會有人愛我，鐵定完蛋了。我像喪屍那樣執拾行李，準備到一個靜修營逃避現實，然後我發現自己竟然執了一盒面膜入行李箱。我這輩子都完蛋了，還敷什麼面膜？

我突然醒了！一個女人只要在乎自己的儀容，就有力量
向前走。今次雖然有點挫折，但我還是可以重整旗鼓的。

百貨公司裏通常有個名為「self-care」的部門專賣護膚、美髮
等用品。「Self-care」這名稱改得好，要是你願意花一點心思
在自己的頭髮和皮膚上，就是「care for yourself」。我買護膚品
看成份，貴不等於有效。我在 Patreon 多次分享過我用的產品，
一碗譚仔米線的價錢就夠用三個月，讀者們用過都很難相信
那麼便宜的產品居然能有如此驚艷的效果。花幾秒搽優質 hair
oil 頭髮已經可以靚好多，「沒錢、沒時間」這些藉口就
省掉吧。

人生不如意的事十常八九。即使在逆境中，我也總是打扮
漂亮，照照鏡，我喜歡自己。👑

有些女生覺得自己不漂亮，
所以沒自信，
可是我認為真正問題並非
這些女生「覺得自己不漂亮」，
而是她們「不喜歡自己」。
分別很大，因為不漂亮也可以喜歡自己；
反過來，美女也不一定喜歡自己，
有些美女認為自己不夠美，
不夠瘦，別人比我更美，
身材更好，因而對自己諸多不滿。

所以，問題的根源是自己怎樣看自己。

Mr. *Right*

Celia有個拍拖五年的會計師男朋友，他文質彬彬，人很隨和，對 Celia 更是百般呵護，很多女生羨慕得不得了。沒料到 Celia 竟在朋友的生日派對上認識了另一個男人，兩人的愛火一爆不可收拾。「我活了一輩子就等著他！」Celia 拋棄了拍拖五年的男友，全情投入這段新戀情。

三個月後，她發現這個男人並不是她原先想的那麼好，開始懷念起以前的男朋友來。於是她去敲前度的門，而這道門又再次為她敞開。前男友願意忘記過去跟她重新開始，甚至向她求婚希望能鞏固兩人的關係，Celia 答應了，決定從此專心一意對待這個深愛她的男人。可是不久，她又邂逅了另一個男人，一見鍾情，愛得難解難分。「我一定可以給你幸福！」這個男人游說 Celia 跟男友分手。她十五十六，一方面覺得再次出賣男友非常衰女，卻又擔心勉強嫁給男友，兩個男人和她自己都不會快樂。

「Daisy，你說我該怎麼辦？」

「我認為你應該離開現在的男朋友，不是為了跟另一個男人一起，而是因為你根本配不起他。」

Mr. Right 一直都在你身邊，好好珍惜吧。♛

是愛 還是 習慣？

經過多年共同生活，他們已無法獨立存在於世上，已習慣了身邊有一個人，**不管這人怎樣傷害我**，總之需要身邊「有一個人」。就是這麼回事。

有些情侶或夫妻，一年三百六十五日形影不離。

早上一起上班，下班後一同吃飯。放假黏在一起，老婆去打牌，老公跟著去看她打牌；老公去舊生敘會，老婆跟著去敘會。我認識幾對這樣的情侶和夫妻，總是出雙入對，看似恩愛，但很快就發現他們感情非但不好，甚至惡劣，其中一對結婚十多年的夫妻簡直到了互相仇視的地步。很奇怪吧？既然如此痛恨對方，為何天天形影不離？因為經過多年共同生活，他們已無法獨立存在於世上，已習慣了身邊有一個人，不管這人曾怎樣傷害我，總之需要身邊「有一個人」。就是這麼回事。

仇恨的來源可能是其中一方曾經偷食，或婆媳糾紛、錢銀瓜葛甚至家暴。儘管明知裂痕存在，大家都害怕踏出 comfort zone，共同生活已成習慣，就連自己獨自出街吃頓飯都不敢，那就唯有忍，不忠也好，家暴也好，好歹身邊有個人。

眼見一些情侶由中學開始拍拖，十幾二十年之後依然從早到晚
黏在一起，而兩人都不快樂。儘管多年來相處有過無數衝突，
縱使當初的愛早已變淡，有人能把這份愛轉化為感情，有人
卻只淪為習慣。♕

因為她像她

與其說Michael喜歡那位初戀女友，倒不如說**他喜歡少年時第一次被什麼捉住了自己的心的那種感覺，**往後終其一生他都在懷念這種感覺。但他所懷念的其實不是這個女孩，而是她所象徵的青春。

Michael 把新女朋友帶出來的時候，全場一呆，然後大家低頭喝酒。

後來一位朋友跟他說：「你還是無法放下她吧？」這回輪到 Michael 一呆。經這位朋友一說，他才發現原來這名新女友的樣子和氣質跟他的初戀女友簡直餅印一樣，全世界都能一眼看出 Michael 是因為忘不了初戀女友才找一個代替品，只是本尊卻連自己一直無法忘記初戀女友也沒有察覺到。

與其說他喜歡那位初戀，倒不如說他喜歡少年時第一次被什麼捉住了自己的心的那種感覺，往後終其一生他都在懷念這種感覺。這輩子尋尋覓覓，卻再也無法找到當初那個少女所給予的感覺了，世上只有她有這種本事，事實卻根本不關這個女孩的事，Michael 懷念的並不是她，而是她所象徵的青春。

成長是很可怕的，做大人有很多責任，年少仍可用「無知」來解釋，有父母來擔當，成人卻必須為自己的行為負責，就算孤單都要一個人撐過去，沒有人會為你擦眼淚，因為各人為自己的事已經疲於奔命。所以很多人拒絕長大，只想永遠無憂無慮像個孩童。鬼唔知阿媽係女人？誰不想整天吃喝玩樂？不用上班，飯來張口，無需為生活擔心，同學們純真又誠懇？

同學們很好是因為彼此之間不涉及利益，出來工作就不同了，爭升職，爭資源，講後台，在鬥爭之中哪有真感情。

雖然如此，我還是喜歡做大人，因為可以獨立，可以選擇自己喜愛的生活方式，就算必須為此而辛勞得筋疲力竭，也是值得。能為自己的行為負責是一件值得自豪的事，我最看不起那些畏首畏尾、老是逃避的人。所以對我來說，最好的時候就是現在，這是我實實在在活著的時刻，我唯一能控制的時刻。

莫說找個跟初戀相像的人，就算找回初戀同一人，也不可能將初戀「複製」。人生是一條單程路，只能向前，不能回頭。這種制度超級好，人人都只能向前，因此必須為自己的抉擇而承擔後果，無論窮人富人，都不能按個掣回到過去將錯誤抹掉，公平呀。👑

有緣又如何？

兩個人在七百萬人裏遇上了，so？「緣」沒有什麼大不了，「份」卻講求兩人相識之後雙方共同付出，努力維繫和珍重這段關係，那是愛、是包容。「緣」是一秒、「份」是一生。

「緣」，是人類史上被擺上枱次數最多的一個字。

十五歲的時候聽到「緣」字，我心想，好浪漫啊。二十五歲時
有人跟我講緣份，我說真是他媽的浪漫啊。

兩個人參加同一個旅行團而結識、拍拖、結婚，嘩，勁有緣。
全世界Ｎ個旅行團，我遲不參加，早不參加，偏偏參加了這
一個團才能跟你遇上，這不是上天冥冥中的安排是什麼？這不
是前世姻緣是什麼？Ｆｉｎｅ，我接受這樣的解釋。當你在這個
光怪陸離的世界生活了一段日子，你會發現有些事情除了訴諸
迷信，根本無話可說。所以，兩個人在同一個旅行團認識是有
緣，導遊每年帶團認識Ｎ那麼多人是有緣，兩個人在茶樓搭枱
也是有緣。每次有人興高采烈地跟我說自己的愛情故事，然後
問我：「Ｄａｉｓｙ，你不覺得我跟這個人好有緣嗎？」我答：
「你覺得有緣，咪有緣囉。」

我也聽過有男人向女友提出分手時對她說：「我們是有緣的，
大家好來好去，得閒call我。」講完鬆人。潛台詞是我們已
經緣盡，識做的話不要死纏爛打，自己彈開吧。「緣」字總是

被人們因應個人需要而擺上枱，成為他們自圓其說的好幫手。在我看來，什麼「茫茫人海裏偏偏遇上你」，什麼「芸芸眾生裏恰恰邂逅他」，都是用來欺騙無知小童的廢話。

通街都是人，跟某某「相遇」真那麼神奇嗎？與其為那「相遇」而大驚小怪，倒不如珍惜相遇之後的情誼。兩個人在七百萬人裏遇上了，so？「緣」沒有什麼大不了，「份」卻講求兩人相識之後雙方共同付出，努力維繫和珍重這段關係，那是愛、是包容。「緣」是一秒、「份」是一生。👑

同居女友
在一夜之間
消失

如果説了等於沒説，不如不説。
誰對誰錯，愈辯愈糊塗，
愈辯愈傷心。既然如此，
沉默是金。

有一個中年男人，某天醒來發現枕邊的女友不知所蹤。打開衣櫃、抽屜，她的東西全部不見了，連一張照片也沒留下。關於這個女人的一切，竟在一夜之間徹底消失了。

男人抓起電話準備報警。是的，他到了這個地步居然還未意會到女朋友把他甩了。

所有認識他的人，包括他的父母，聽到他大喊「女友消失了！」，就已經知道是什麼回事。「居然忍到今天才跑掉，這個女人也算有情有義啦。」有人慨嘆。也有人說：「這段關係一開始就已是一個錯誤嘛。」

女朋友突然 click 一聲的消失，而天下間居然沒有一人同情這個被拋棄的男人，可想而知拋棄他是多麼值得鼓掌的一件事。我不打算把這個男人的缺點一一列出來了，白天遇見的怪獸已夠多了，沒道理晚上寫文章還要把怪獸再寫一遍吧，反正這傢伙就是教人受不了，令他大惑不解的是──女友為何要一聲不響地人間蒸發？

分手有很多方式，絕大部份都是互相指罵，推卸責任，數臭對方。開始拍拖時喁喁細語，見少一秒都想死，兩個人一條命；散 band 時破口大罵，提出分手的一方拔足狂奔，被撇掉的那位窮追猛打，誓死討回「公道」。

公道——在愛情的領域裏，何時有過「公道」？也許唯有人間蒸發得以平靜地離開。當然，就如我在前文〈最殘酷的再見，是不說再見〉所言，被甩掉那位將會有很長的一段時間不停loop「為什麼為什麼」，是殘酷的。但其實那位女朋友不快樂，就連我們這些外人都看得出來，「抑鬱」兩個字簡直寫在臉上，而男朋友竟然沒察覺到。他是個只喜歡談自己的人，總是一副高高在上的姿態看不起所有人，遇到任何比他年輕的女生就會滿口「我點醒你啦！」「我教精你啦！」，就算那些女士比他更有成就，學歷更高都要聽他訓話。如此目空一切的人會聽得進女朋友的聲音嗎？就算留下來慢慢跟這個男人詳談，他明嗎？如果說了等於沒說，不如不說。誰對誰錯，愈辯愈激心。既然如此，沉默是金。♛

我忍你好耐！

結婚三十年後，丈夫提出離婚。他異常平靜地將一份離婚協議書放在桌上，他連離婚也不願吵一句。

這對夫妻之所以搞到離婚正是因為從不吵架。

我忍你好耐！

Sarah 的 auntie 結婚三十年，最近離婚。

「一把年紀才上演『小三風雲』？」我問，這大概是最常聽到的理由吧。

「因為小三還好，他們離婚的理由可無聊透了。」

「比為了擠牙膏而吵架更無聊嗎？」

Sarah 嘆一口氣，說：「他們之所以搞到離婚就是因為從不吵架！結婚以來從未吵過一次，但並不等於幸福，因為他們把所有不滿都憋在心裏，uncle 忍了半輩子終於提出離婚，auntie 還以為他開玩笑呢！他卻異常平靜地將一份離婚協議書放在桌上，他連離婚也不願吵一句，這樣的丈夫老實說也教人挺傷腦筋吧。Auntie 問他為什麼要離婚，他不慍不火地說：『我已經受夠了你，三十年來我沒有一天活得自在，我希望能到此為止。』你知道嗎？就是連『我已經受夠了你』這種話也說得斯文有禮才恐怖呀！這個男人好像把狂風暴雨都吞進肚子裏去。Auntie 一頭霧水，她一直以為丈夫活得很爽，娶了她這個精打細算的好老婆，就連每天早上打哪條領帶也替他安

排好了，如此完美的妻子還有什麼可以挑剔呢？豈料丈夫說：
『我每天早上看見床邊整整齊齊的放著西裝和領帶就想嘔，
三十年來你把我的生活管得密不透風，就連我穿什麼衣服鞋襪
都要話事，我一日三餐吃什麼，不准吃什麼，我應該有什麼
嗜好，每天做多久運動全都必須由你決定。我已經坐了三十年
監，我不想終身監禁，離婚吧。』」

「要是不喜歡太太的行事作風，簡單說一句不就行了嗎？」
我大惑不解。「他就是不說呀！只管默默地穿上太太為他配襯
的衣服，一直忍了三十年。」

「我明白了。因誤會而結合，因了解而分開，女的不知自己嫁
了一個啞巴，男的不知自己娶了一個 fashion designer。」♛

夫妻檔

的危機

綁住一個男人最有效的方法是什麼？不是鐵鏈，不是愛，而是跟他共同經營一盤生意。

綁住一個男人最有效的方法是什麼？不是鐵鏈，不是愛，而是跟他共同經營一盤生意。

兩年、五年、十年之後，夫妻檔共同創建的生意王國已經確立，無論他在外面有小三小四還是小五，也沒法子跟你離婚。放棄老婆事小，放棄十年艱苦經營的事業對他來說卻是天方夜譚。若雙方達成協議分錢或其中一人買下對方的股份，那總算和平解決。但並非所有人都如此文明，翻起臉來，有些人會咬住唔放。

Shirley 跟丈夫一起經營一家 IT 公司五年，吵足五年。「你居然連這種客也接回來！用吓腦啦！」老公罵道。Shirley馬上還擊：「你威，你巴閉，學人揀客！這個客嫌 cheap，那個客嫌蠢，你當自己是 Steve Jobs？」

然後有天，Shirley 發現她跟老公除了吵架，已經沒有任何話題。兩人白天在公司吵嘴，晚上回到家裏各自對著一部電腦。雖然如此，離婚卻是不可能的。兩人共同建立的公司已上軌道，老公負責軟件開發，老婆負責營銷推廣，你的事業需要靠我，我的事業也需要靠你，彼此都不能失去對方——我指事業上。

當夫妻之間已不再是純粹的愛情或感情，而是涉及利益，那麼你可以說這段婚姻會更加長久，也可以說更加脆弱。「長久」是因為離婚變得更加困難，兩人在財政、事業和生活上已不可分割了，離婚等於拆夥，誰願意放棄自己一手創立的事業王國？可在那夫妻的名份底下卻空空如也，脆弱不堪。

我有朋友堅拒到丈夫開設的公司工作，為的是避免跟丈夫吵嘴。我很少看見離婚收場的夫妻檔，互相仇視的倒是很多。看著這些夫妻，我禁不住問：到底他們當初愛對方什麼？也許那都是遠古的事了，大家已經無法記起來了。♛

沒有小三的日子

你愛這個情婦嗎？
他想了一會，説：
「跟她一起，感覺總是很放鬆。
那你會娶她嗎？
「不會。」
難怪你感覺放鬆啦。

這個故事是從男方聽來的，他是偷食的一方。

他三十六歲，結婚八年，其中六年有婚外情。是的，那就是說他結婚兩年已開始偷食。那你不愛你太太嗎？他就只呆著。那即是愛還是不愛？「還是愛的，但結婚兩年，很悶。」結婚兩年已覺得悶？結婚十年的夫妻豈不悶到跳海？他沉默不語。

我也好奇，要是對著老婆兩年已覺得悶，那對著小三足足六年怎麼又不覺得悶？這六年來的小三是不是同一人？「畢竟是不屬於自己的女人，不會那麼容易令我悶。」啊，明白了，這個男人追求偷的快感。易中天的名句：「妻不如妾，妾不如婢，婢不如妓，妓不如竊，竊不如說。」

那你愛這個情婦嗎？他想了一會，說：「跟她一起，感覺總是很放鬆。」那你會娶她嗎？「不會。」難怪你感覺放鬆啦。然後有天，小三突然宣佈結婚。「我知道你永遠不會跟我結婚，我不會繼續等你了。」女人說。這讓男人出乎意料地失落。「跟她一起六年，感覺她已是我生活的一部份了，她怎可能會嫁給別人？我想了很久也想不通……」你以為有些人會一生一世守在你的身邊，有天才發現原來這並不是理所當然。

令我意外的是，他居然對妻子還有歉意。從前因為有小三的存在，他每天回家都會對老婆特別好。那是出於內疚，卻讓妻子六年來沐浴在幸福之中。Well，你可以說那幸福是假的，她到底是被欺騙的受害者。可痛苦地清醒，或幸福地受騙，兩者之間你又會如何選擇？

沒有小三的日子，他發現自己竟不懂得如何面對老婆。連內疚感也消失了，他發現自己再也找不到對妻子好的理由，最悲哀的婚姻莫過於此。♛

140

假如丈夫出軌，
你希望知情還是被蒙在鼓裏？
痛苦地清醒，或幸福地受騙，
兩者之間你會如何選擇？

性格決定戀愛運

每個人都有所謂的「愛情盲點」。

我認識一個女孩，

她的盲點就是 Chanel。

只要男朋友一送 Chanel，

叫這個女孩站起來或坐

下去都容易得很。

Chanel很好，那為什麼不自己買呢？因為她自己沒錢買，或有錢卻偏偏不喜歡用自己的錢來買。有一回男朋友在外面偷食被她撞破，她大哭大鬧尖叫撞牆，但Chanel一出，她竟像電燈跳掣那樣「啪」一聲沉靜下來，默默望著男友送上的Chanel手袋，她的眼裏升起了一種近乎宗教性的莊嚴，男友偷食的那一樁事突然變成了浩瀚宇宙裏的一顆微塵，然後她的嘴角隱隱泛起了一絲笑意。那手袋帶給她的幸福，逐漸滲透了她的全身。這個女人其實在跟Chanel手袋談戀愛，男朋友才是第三者。後來男友甩掉她，展開新戀情後，新男友偷食又斷正，不用說當然以手袋解決。

為何有些人看來情路坎坷，總是一次又一次被男人欺負？再談談這件真人真事：一位女生拍拖被男朋友打，她身邊所有人都狂罵這個人渣。不久她換了男朋友，又被這個男人打，大家都說，真倒楣啊，一次又一次遇人不淑。後來她又找到新男友，還嫁了給他，結果又被打。大家都沒再說什麼了，連續三次「行衰運」，跟中金多寶的機會率同樣低。本來護著她的朋友甚至開始竊竊私語：說不定她真的難頂到讓人忍不住爆發？

無論那人如何難頂，誰動手當然都是不對的。問題是這位女子似乎總是被某種性格的男人吸引，有意無意間走近那些暴躁的人。

性格決定你會愛上什麼人。 ♛

忘記一個人
有多難！

我不喜歡藕斷絲連，完了就是完了，還去推敲他的心思，回憶他的好處，又或反覆咒罵他的不是，對提升我的quality of life毫無幫助。

忘記一個人有多難！

一班女人去喝酒，聊起要忘記一個人，有多難。

「我跟上一個男朋友分手之後，足足花了三年時間才勉強忘記他。」同事Emma嘆道。「即使到了現在，每逢他的生日，我還是忍不住想……嗯，他在跟什麼人慶祝呢？Okay，我知你們想說我太不爭氣，把女人的面子都丟光了，可是要忘記一個跟自己曾經那麼要好的人，實在很難啊。」

曾經。

這是事情的重點。「曾經」即是已成過去，想來有個屁用？我是個頭也不回的人。Out of sight，out of mind是我做人的原則。我不喜歡藕斷絲連，完了就是完了，還去推敲他的心思，回憶他的好處，又或反覆咒罵他的不是，對提升我的quality of life毫無幫助。有些舊情人喜歡說「得閒飲茶」，這些廢話最好省掉。我得鬼閒同你飲茶？分開之後又來「敘舊」，那種「桃花依舊，人面全非」的感覺令我作嘔。明知那人不是我原先心目中所想的那麼好，幹嗎還要逼自己對著他嘻嘻哈哈？忘記他吧。

剛分手那一陣子痛苦得要死，總是咬牙切齒地喊著「我肯定我

肯定這輩子都無法忘記他！」做人除了肯定終有一天會死，到
底有什麼是可以肯定的？人生最好玩的地方是柳暗花明，剛才
還以為前無去路，不料一拐彎竟又海闊天空。站在不同的時間
點上看同一件事，常常會得出非常不同的感受。所以，事情毋
須太快下定論。你會變，世界也會變。被我忘記的人往往非常
憤怒。他們總是把自己看得那麼重要，別人非要把他們記住不
可，怎麼也無法接受自己已被遺忘的事實。「王迪詩，你好無
情！」他們總是說。Well，maybe。反正不關我事。♕

凹凸

夫妻

找一個跟我個性相像的男朋友，豈不是要
我自己對住自己？**連我都覺得**
自己難頂，我幹嗎
要搵自己笨找
「另一個我」來
受氣？

從前我以為物以類聚，個性相近的人才能成為情侶，然後好好相處下去。然而後來我從個人和身邊朋友的戀愛經驗得知，兩個性格相反的人走在一起，往往更加長久。

我想想看，也有道理。找一個跟我個性相像的男朋友，豈不是要我自己對住自己？連我都覺得自己難頂，我幹嗎要搵自己笨找「另一個我」來受氣？不行，這方法不行。

問題是一開始的時候，我們總是很自然地被那些跟我們相似的人所吸引，覺得從那人身上獲得前所未有的共鳴感，啊，就是他了！我活了這麼多年就是為了遇上這一位知音！於是，以為終於找到了 Mr Right，非常興奮。

但那一剎的感動往往隨著近距離的相處而消逝，我從他身上看到了自己的許多缺點，這種感覺非常討厭，因為與其說就像「照鏡」，倒不如說像一面「照妖鏡」更加貼切，跟他相處令我覺得自己很醜陋，而他也同樣醜陋，可是我們的思想個性太像了，連盲點也一模一樣，我們就像兩個瞎子一起走進迷宮，誰也幫不了誰，我們的愛情無法幫助我們變成一個更好的人。

倒是跟我性格相反的人能給我指點迷津，他們具備我所欠缺的特質，能看到我看不見的東西。大家一起聊天，總能讓我驚嘆，啊，對了，怎麼我以前從未想過原來可以這樣去看世界？

同樣，我也擁有一些他所欠缺的特質，我的想法常常給他許多驚喜。個性一凹一凸，互補長短，這次的搭檔變成一個瞎子和一個跛子，瞎子可以揹著跛子走路，跛子負責指導方向，雖然兩人都是殘廢，alright，承認吧，我們都是不完美的。但兩個性格相反的人走在一起，竟變成一加一大於二了。♛

恨一個人

「佢對我唔住！」Okay，那麼你憎恨他會令他有什麼損失？他依然生活愉快，心安理得，痛苦的只有你而已。是的，我不是你，不會明白你的感受。**但那是你的人生，不是我的。**

我以前一位上司小時候家裏很窮，靠自己努力打拚在商界闖出了一點成績。他由母親獨力養大，父親在外面跟另一個女人生了孩子，很少回家。

母親六十歲後開始嚴重駝背，遍尋名醫，結論大概就是年輕時捱壞了身子，導致骨骼退化變形。但我這位上司並不這樣想：「她就是放不低，心裏堆積著對父親強烈的怨恨。你信不信也好，心裏所想會反映在身體上，仇恨憋在心裏，真的會連腰背都無法挺直起來。」他慨嘆。

這讓我明白了什麼叫「恨之入骨」，可想而知那仇恨是多麼深，而憎恨一個人又是多麼辛苦。他的說話不無道理，心裏所想的確會反映在我們的身體，相由心生，心情想法都會寫在臉上，尤其笑容永遠騙不了人。有些人的笑容，一看便知道是傷痕纍纍了。用笑容掩飾傷痕，恐怕只會愈掩愈難過，倒不及眼淚來得坦蕩。

男女之情大概是人世間最難算清的一種關係吧。我有一些女性朋友，她們都因為某些緣故而憎恨一個男人，而那往往亦是她們深愛的男人。每次跟她們說：「別浪費時間去詛咒他了，乾脆忘記他，focus 在自己身上不是更有價值嗎？」女人總是不順氣地反駁：「你不是我，你當然講得輕鬆！」

講來講去，重複又重複還是這句——「佢對我唔住！」Okay，那麼你憎恨他會令他有什麼損失？他依然生活愉快，心安理得，痛苦的只有你而已。是的，我不是你，不會明白你的感受。但那是你的人生，不是我的。駝著背走路的也不是我。♛

如何才能
不恨他？

如何才能不再憎恨曾經傷害你的前度？
簡單得很──忘記他。

注意，我不是要你原諒他，
我是要你忘記他。

寬恕是情操高尚的行為，我們不用搞那麼
高層次，只需當他透明，好好生活。

如何才能不恨他？

要是你問我，Daisy，你認為全人類的感情加起來，到底是愛多一點，還是恨多一點？那不用說當然是恨多過愛，而且應該是大比數拋離吧。正是因為這樣，愛才那麼珍貴，像漆黑的隧道裏隱隱透著的一點光。

有的是國仇家恨，也有錢債糾紛，感情瓜葛更是千絲萬縷，難以量化，雙方都認為自己付出更多，出軌、背叛、自責還夾雜著自私，人性中最美與最醜共冶一爐，最終落得哭哭啼啼，遍體鱗傷。那為什麼還不分開？因為開心的時候，我倆是全宇宙最幸福的。於是，可憐的女人啊，如此短暫的幸福，竟然記住一世，用那短暫的幸福去justify往後的長期傷害。

最終無論分開與否，女人都放不低。

我見過很多女生，心裏都有個懷恨在心的對象。別人好言相勸，她們總是不順氣地反問：「你不是我，你怎會明白我有多難受！」既然你不是我，你又怎知我不明白？

在疫症、戰火、暴政的時代，平安是很多人的願望。「既然活著，就該好好地活，就應該不拘泥於小節地活。」我經常引述這句話，是一位唐山大地震倖存者對人生的體會。

憎恨別人是一件很辛苦的事。那如何才能不再恨？簡單得很——忘記他。注意，我不是要你原諒他，我是要你忘記他。寬恕仇敵是情操高尚的行為，我們不用搞那麼高層次，只需當他透明，好好生活。你要做的不是 forgive，而是 ignore，把這人從你的生活中一點點抹掉，終有一天會不留任何痕跡。👑

已經遍體鱗傷了，為什麼還不分開？

因為開心的時候，
我倆是全宇宙最幸福的。

於是，可憐的女人啊，
如此短暫的幸福竟然記住一世，
用那一瞬即逝的快樂去justify
往後的長期傷害。最終無論分開與否，
女人都放不低。

如何才能不恨他？

否極泰來

朋友問我是不是很心酸，完全沒有，
因為我對父母是不帶感情的，
只有problem-solving
的客觀理性。
也沒有憎恨父母，因為無論怎樣勸罵，
他們仍是不會改的。

否極泰來

163

Lauren是個看來樣樣都很順利的女人。又靚又叻又有品味，精通法語，靠自己的本事成立公司做洋酒代理，因為眼光準又有膽識，生意愈做愈好，與男朋友也一直甜蜜，名副其實的人生勝利組。

直至有次我辦了一場演講，主題是「Life Planning——下半生，我決定做自己」，Lauren竟然來訊問：「Hey Daisy，演講還有座位嗎？」我實在非常驚訝。當日在觀眾羣裏還看見醫生、大學教授、上市公司老闆，這些在社會眼中被認為是「winners」的人，居然也會對這個題目感興趣。所以話，很多事情從外表真是看不出的，一路走來遇過多少洪水猛獸，風光背後又有什麼難處，有苦自己知，因此我才不明白，為何那麼多人不懂得善待自己。連自己也不愛惜自己，誰還會愛惜你？

我在演講中談到多個範疇，愛情、婚姻、家庭、事業……每個人被hit中的地方都不同，而對Lauren最大衝擊就是那句「父母不是自己揀的」。

演講後，Lauren約我。其實我們不常見面，但每次見都傾得很深入。今次我們一起在日式居酒屋喝 sake，搖著酒杯，她開始聊起：「中六那年的年三十晚，我媽忙了半天的團年飯終於煮好，正當她由廚房把餸菜端出來，我爸突然拿著行李說不吃了，約了朋友上大陸，關門就走。我媽崩潰了，抓狂一番，想離婚又不敢，不離婚又不甘心。

哭哭罵罵整整兩年，最終還是繼續跟我爸在一起，卻一直抑壓著憤怒，用購物狂的方式來發洩。她是清潔工，薪水花光了就拿信用卡透支，找財務公司，還到處問親戚朋友借錢。我讀大學時已拚命做兼職幫她還債，但我媽還是繼續購物，繼續借錢，拒絕見心理治療師，並憎恨所有不肯借錢給她的人，認為所有人都虧欠了她。那時她深信自己購物發洩天經地義，老公這麼賤，這般忘恩負義，我花點錢開心一下有錯嗎？同時我爸卻若無其事地活著，每天吃我媽煮的飯，外人不知還以為他們是關係不錯的夫妻呢！

大學畢業後我打四份工，我五呎六吋高，瘦到只有九十三磅，每天提心吊膽債主找上門。二十八歲那年我驗到 cancer，或許是壓力太大造成的吧，那時年輕也不懂得這樣搵命捱會糟蹋自己的健康，就算懂也沒辦法啊。我整個二十幾歲的青春只有一件事──拚命賺錢還清母親的債，也還清我前世欠她的債。

有天我接到父親的電話，by the way，我到現在看見父母的
來電顯示仍會心跳加速，今次又要幾多錢？又闖了什麼禍？
而那次，我爸來電說：『你媽繼續這樣欠錢下去不是辦法，
你一次過替她還清條數，讓她重新開始吧。你就告訴媽，
那筆錢是你中六合彩得來的，是不義之財，好讓她不會感到
內疚。』」

我們沉默下來。Lauren喝著酒，我用手指拿小水滴在枱面
畫圈圈。

不——義——之——財。我沒聽錯吧？難聽過粗口。那是女兒
打四份工、捱到生cancer的血汗錢。該怎樣形容這位講出
「不義之財」的人父？蠢？無知？無恥？女兒又如何突然
「變」出一大筆錢替母親「一次過還清條數」好讓她「重新
開始」？誰又會關心那位二十幾歲的女孩還有沒有機會「重新
開始」？

至於這個男人為何會突然關心妻子的感受，想避免讓妻子感到內疚？Lauren說，因為父親也欠下賭債，數目不比母親欠的少。他並不在乎妻子的感受，只是想女兒盡快還清婦人的債，那便可以集中水喉供他賭。這個故事雖然聽來有點像韓劇，但世上的確有很多人命苦如韓劇女主角，只是這裏用了化名，也在不影響原意的情況下修改了部份細節以保護當事人的身份。

艱辛的二十幾歲終於捱過了，Lauren發現自己奇蹟生還，也終於清掉父母的債務。她明白世上什麼人都不可靠，不能靠父母，更不能靠男人，唯一可靠的是自己。青春會流逝，財富有風險，只有知識永遠無法被奪走，她不斷學習，開拓視野，流利法語是她自學的，這在她做洋酒生意的時候大派用場。珍重自己的女人最有魅力，因為她們有原則，不會為了討好別人而委曲求全；她們對自己熱愛的事充滿熱誠，會為夢想奮鬥。如此發光發熱的女人當然能夠吸引男人，而且是高質素的男人，「物以類聚」是真的。當我問Lauren能不能把她的故事寫出來，她爽快答應，說「但願我的經歷能讓其他人明白人生還有希望」。

否
極
泰
來

我問 Lauren：「So, what's bothering you now？」

她笑一笑，伸個懶腰，歪著頭似乎在尋找合適的用詞。「朋友問我是不是很心酸，完全沒有，因為我對父母是不帶感情的，只有 problem-solving 的客觀理性。如果我對他們有感情，或者說，如果我愛他們，我會很傷心。我也沒有憎恨父母，因為無論怎樣勸罵，他們仍是不會改的。」

「那時你除了拚命替他們還債，就沒有什麼可以做了？」

「有呀，我撿了爸媽的頭髮去驗 DNA。」

我跟 Lauren 相視而笑，碰碰酒杯，乾了。我沒有問她驗 DNA 的結果，因為我們心裏都知道百份之一百是親生的，親生才夠荒謬，而荒謬才是人生的主調，驗 DNA 也不過是一種幽默。而且，再堅強的人也需要找朋友聊聊。♛

否極泰來

愛的補償

爸爸在她五歲時與情婦走佬，
遺下她和媽媽
相依為命，她長大
後變成了一個
戀父狂……

如果 Helen 不是有這個心結，她大概不會落得今天這個下場。

Helen 的老闆在大陸開廠，她大學畢業後即加入了這家公司，跟著這個老闆打拼七年。老闆為了省錢，不願多聘員工，Helen 一個頂五個，每日工作十三小時，後來為節省交通時間索性在廠房過夜。

好吧，若是薪水合理，就當趁後生拚搏一下，冒著皮膚過早衰老的危機，錯過了一個又一個好男仔，儲足錢準備孤獨終老時聘私家看護，但 Helen 的老闆居然七年沒給她加過人工！金融海嘯時倒是減過一次，為了「共渡時艱」。

正常人都會問：為什麼 Helen 還會繼續為這個老闆賣命？因為這傢伙在她心目中不是老闆，而是老竇！我經常提醒各位打工仔，在商業世界一旦滲入了私人感情，好濕滯。員工考慮薪酬和前途，老闆考慮員工為公司帶來的利益回報，就是這麼簡單。可是一旦滲入了私人感情，事情就變得非常複雜。

Helen 的爸爸在她五歲時與情婦走佬，遺下她和媽媽相依
為命。她長大後變成了一個戀父狂，老闆看準了她的心結，
時而管她一下，時而寵她一下，那回應了她內心深處對父愛
的渴求。我看見這位阿叔即火冒三丈，他既是把你當女兒
來寵，為何七年沒加你人工？減薪卻第一個想起你！那你要
不要每月倒過來給他一點錢「買嘢食」呀孝順女？他當你
老襯呀傻婆醒醒吧！

「我愛他。」Helen 淚眼汪汪的對我說。她由當初把老闆當成
老竇，到逐漸混淆了父愛與愛情，最終一塌糊塗地愛上這個
年紀比她大一倍的阿叔，我忍不住為她吐出了一聲 shit。♛

當幻愛變成鬼故

幻想同明星拍拖，相信很多少男少女都試過。但如果到了四、五十歲仍沉醉在這些綺夢，未必是好事，我就聽過一位女士因為這樣而撞到「污糟嘢」！

當幻愛變成鬼故

一位朋友看了我寫的《鬼故》，特意約我吃飯，分享一則「靈異事件」。

「我認識一位將近五十歲的女士，她非常沉迷韓劇，尤其喜愛宋仲基，晚晚發夢跟他拍拖，而且那些夢很有真實感。我勸說那只是一個夢啊，她反問發夢又有什麼問題？不知幾多人現實有老公有男朋友，都及不上我在夢中那麼幸福。於是她繼續做夢，然後有一晚，韓星在夢中駕著跑車來接她，汽車走著走著，她很陶醉，下車的時候一看，天啊，竟然來了寶福山！之後她就患上重病，遍尋名醫都治不好。

既然科學解決不了，那就唯有訴諸迷信。通靈師說，太強的幻想會形成一種念力，若不懂得保護自己，很容易招惹靈體，利用她的夢去吸取她的能量，結果弄得百病纏身。後來給她驅鬼，病就好了。」

是否相信「靈異事件」並不重要。就如我在《鬼故》開宗明義地說，這本書並不為了嚇人啊。我在想，假如可以窺探人死之後會遭遇什麼，或許可以令我們更明白仍有呼吸心跳的這一刻應該如何去活。

178

工作問題也好，家庭或感情問題也好，最緊要面對現實，然後落手落腳去改變現實。誰都知道改變很辛苦，很可怕，但如果繼續龜縮，欺騙自己繼續逃避到夢裏去，只會令現實中的自己愈來愈悲慘吧。人只能活一次，難道就不可以為了自己拿點勇氣出來？

在這個荒謬絕倫的世界，惡貫滿盈的人長命百歲並不可悲，善良正直的人英年早逝也不可悲。那些明明有機會去改變，卻因為自私、怯懦、貪圖一時安逸的人，白白錯過了一次又一次可以改變的機會，他們才是真正可悲呢。

商人正在運用 AI 去研發「完美情人」。若你討厭你的老婆，將來可以向生產商訂購一個 AI 妻子，完全按你的喜好去訂製；剩女也可以買個AI男朋友，訂造一個「韓星」男友不再是夢。那人類將會進入幸福新紀元嗎？

我不清楚那究竟還是否稱得上「戀愛」。這數千年來撼動人類心靈的所謂「戀愛」到底是什麼？對我來說，那是第一次遇見你的心跳感覺，猜不透你是否喜歡我的曖昧忐忑，你令我看到一些以前我從未察覺自己有的性格盲點，我告訴你一些以前你從未為意自己有的個性缺憾，然後我們互相幫助對方作出改變，愛情是令彼此成為更好的人，那就是成長。

按我的意思去 tailor-made 一個情人，那真會使我成為一個更好的人嗎？用錢買的商品會讓我有心跳感覺嗎？更重要的是，當一切都順意，無需應對意料之外或不喜歡的事，人類將會喪失抗逆力，也就是我在《解憂80句》引述《黑天鵝效應》

作者 Nassim Nicholas Taleb 提出的「反脆弱（anti-fragile）」。
他在《反脆弱》*Antifragile: Things that Gain from Disorder*
書中提出：「脆弱的相反詞不是堅強，而是反脆弱。」他
認為人、昆蟲、社會、政權，並非強大就是好，因為強大
也可以很脆弱，不堪一擊。這世界永遠在變，我們需要的是
適應力和自我調節的能力，而不是一遇上改變就強行消滅
這些變化。Taleb 認為反脆弱超越堅韌和強大，堅韌最多只能
撐住不倒，反脆弱卻可以從動盪中獲益，變得比之前更好。

與其躲在夢中，不如面對現實。其實偶爾來一點挫折和衝擊
可是有益身心呢！👑

男 神
娶妻記

男人品味的最高層次
體現於揀老婆。

臨近年尾特別忙，好一陣子沒見 Katie，這天終於夾到時間一起吃飯。我在餐廳坐下來，托著腮看窗外的維港。

「發什麼白日夢？」Katie 來了。她將手袋丟在椅子上，坐下即問：「收到風了嗎？Kent 要結──婚──了！Alright，這都算了，但你知道他要娶的是誰？竟然是阿葉！Can you believe it？」

Kent 中學時是校草，不但靚仔，還全級考第一，當年曾在球場上整瓶礦泉水兜頭淋，濕身「派福利」震撼學界，全場女生尖叫。他現在是醫生，居然要娶全校最醜的女生阿葉。

也許你認為我以貌取人太膚淺，可能這個女人有內在美呢？魔鬼的面孔藏著天使的內心？人類總愛找種種理由來justify荒謬的事。首先，我們之所以在背後用「廠佬式」的稱呼喊她「阿葉」，就是因為無人認同她配得上 Elizabeth 這個典雅的名字。

她人品極差，有次到同學家拜年竟然大喊：「你住呢度？唔係卦！一千呎都唔夠，多幾個 Hermès 都擺唔落啦。」然而這位有錢人跟朋友們敘會吃自助餐，竟自備幾個膠盒偷偷將食物帶走，被侍應發現阻止，堂堂醫生娶這樣的女人不是太丟臉嗎？

阿葉的確擁有好些名牌手袋。她最大嗜好就是在 Facebook 曬命，寫著「新款，男朋友送的！」做 spa 也一定要 selfie （標明打卡地點是 Four Seasons），寫著「就快當醫生太太了，特意來做個 spa 好好放鬆一下！」

如今蜘蛛精吃了唐僧肉，當然是人神共憤。Katie 吃著沙律，她永恆地減肥，每天午飯只吃沙律，然後下午餓到想死就吃 cheese cake 加整排朱古力。她一邊加了兩大匙沙律醬，一邊講述那件令她氣憤的事。

「上次一班人吃飯，我聊起最近生日有朋友送我一瓶神仙水，阿葉立即話想試。剛巧我本來那瓶還未用完，你知我向來大方，就說把那瓶新的送給阿葉，她高興死了。幾日後我把那瓶新的神仙水 courier 過去，她收到後發來這個 message：『係咁多嘩？』我火都來了！我是無條件送她的，我可以倒落廁所，可以送給菲傭，更可以留來自己用，老奉送給她嗎？都怪自己多事，千萬不要對人好！她非但不會 appreciate，事後還周圍唱我送這麼少！」

男人品味的最高層次體現於揀老婆。Katie 搖頭慨嘆：「常說美女與野獸，少女嫁阿伯，不難解釋呀，就是為錢。可是俊男娶野獸，怎這麼重口味？像 Kent 這種頂級條件的男人瀕危過黑臉琵鷺，大把好女仔撲埋身，點會揀阿葉？」

我專心吃牛扒，無暇理會 Katie。她忽然想起什麼似的說：「對了！你猜會不會……他有黑材料在那個女人手上？」

我輕輕放下刀叉，用餐巾抹抹嘴，說：「荒謬是常態。好人有好報才值得驚訝吧。」然後繼續吃牛扒。♕

回頭草

　　明明分手了，他再度以「祝福你」的姿態出現：你有沒有定時吃飯？你的胃一向不好。**你別誤會啊，我是真的關心你。** Wow，我幾乎感動到喊。

回頭草

Joyce當日之所以決心甩掉那個已婚飛機師，除了因為這個男人實在把她傷得太深，我認為我本人也功不可沒。憑我三吋不爛之舌，這個擺明欺騙女人感情的狗公在Joyce面前才終於形象破產。Joyce把心一橫，撇了。有時候，女人在理性上明明知道這個男人是欺騙她的，可在感情上卻捨不得失去他。這是女人的弱點。

如今Joyce跟已婚飛機師分手已一段日子了，好像已有一年吧？To be honest，她在這一年裏也不是沒有猶豫過的。你一定會猜到那狗公會再來找她吧？明明分手了，他再度以「祝福你」的姿態出現：你有沒有定時吃飯？你的胃一向不好。你別誤會啊，我是真的關心你。Wow，我幾乎感動到喊。「他好像很有誠意……說不定他是真的關心我！」Joyce咬咬嘴唇說。

「Joyce，他回來找你是不用花錢的。你落搭的話，他賺了。你拒絕的話，他毫無損失，大可以回他老婆身邊或另找其他女人，反正都沒有分別，但於你卻有天大的分別。你千辛萬苦

把他甩掉，他說兩句甜言蜜語你又再上當？你這叫做吃
『回頭草』，你卻拿這堆雜『草』來當『寶』！醒醒吧，
好馬不吃回頭草。」

「我不是好馬！」Joyce賭氣說。

「你當然不是好馬，你是豬。」

她口硬，心裏卻知道我所說都是對的。但女人嘛，在接受
殘酷現實之前，偏要死心眼來一番理智與感情的角力，弄得
自己筋疲力盡才肯罷休。幸好Joyce最終也聽了我的勸告，
將那個衰佬的訊息全部delete了。失戀這種事沒什麼大不了，
就是需要時間。過一陣子沒見、沒聽也就忘了。這樣的人憑
什麼去佔據我的記憶。♕

女人的
義氣

Joyce 曾經跟一個已婚飛機師苦苦糾纏了好幾年，**我們這些「針唔拮到肉唔知痛」的路人甲一直在旁邊指手劃腳，**勸她趕快撇掉那個永遠不會娶你而又談不上俊俏的狗公。

若要說我這輩子做過什麼好事的話，那就是成功勸服 Joyce 甩掉那傢伙。

別以為這是一件容易的事，每個被愛情折磨的女人都一定會找人出氣，Joyce 當然也不例外，以致我在勸告她的過程中不斷聽到「你自己又好醒嗎！」的冷嘲熱諷。Well，我承認當局者迷，我戀愛時也會智商急降。但旁觀者清，把一段事不關己的戀情放在解剖桌上，冷靜觀察，客觀分析，你的智慧、經驗、眼光就大派用場。我知，總會有人抱著八卦心態來看別人的戀情，也有人幸災樂禍，自己感情生活不如意也不希望別人幸福，然後告訴自己「I am not alone！」。

我跟 Joyce 畢竟認識多年，雖談不上「生死之交」，但總勝過「酒肉朋友」。眼見她在一段毫無希望的關係中蹉跎歲月，我怎麼說也有提醒她的義務。那時她還在跟已婚飛機師打得火熱，我去潑冷水肯定是吃力不討好的，事實上潑冷水也不管用，所以我只輕輕澆了幾滴暖水，也就是漫不經意地提醒了她兩句。那時她當然聽不入耳，後來泥足深陷弄得一身蟻，我就忍不住對她說出真話了，這是女人之間的義氣。♛

核突的結局

推敲一個男人為何變心，是世上最徒勞無功的事。就算被你查出「真相」，so？除了令自己加倍傷心生氣，誰會來同情你？

與其等人同情，倒不如自己爭氣。

我才不會為一個不愛我的男人流一滴眼淚。

Tina最近晚晚call我，怎麼也不肯掛線。我說，Tina，你這樣下去不是辦法，我不是專業DJ不懂得運丹田說話，你晚晚要我陪你講三小時電話我會聲帶發炎。每晚用三小時反覆分析男朋友撇你的原因，而事實上用兩秒已經講完——他不愛你。Bye bye。何必還去浪費光陰？最慘的是「我」的光陰！

「他曾經愛我很深⋯⋯」Tina哭著說。曾經——你知道就好。曾經愛你即是不再愛你，事情已非常清楚。至於他為何以前愛而現在不愛，well，可以有一萬個原因：他變了，或你變了，變得不再可愛，或他找到另一個比你更可愛的女人。

「我由始至終都沒變過，變的一定是他！」Tina尖叫。

Okay，既然你確信變的「一定」是他，那為什麼還要晚晚分析三小時？推敲一個男人為何變心，是世上最徒勞無功的事情。就算被你查出「真相」，so？除了令自己加倍傷心生氣，誰會來同情你？與其等人同情，倒不如自己爭氣。我才不會為一個不愛我的男人流一滴眼淚。

張愛玲說，兩個人相處，總會認為自己是吃虧的一方。於是，到了分手的時候就要埋單計數，我為你做的，你欠我的，逐一列出，巨細無遺，終於連曾經有過的美好回憶都砸得粉碎，一無所有。精彩的開始，核突的結局。It's　just　not cool。♛

你**買夠**了沒有？

正月，不買鞋。人們常説
「鞋鞋聲」會衰足一年。
Yeah I know，
這種想法十分迷信，
**但像我們這種
「撈偏」的人，
迷信是應該的。**

朋友Jonathan很高興終於等到正月，這是他的同居女朋友全年唯一不買鞋的月份，總算為他提供了一個短暫喘息的機會。或許我該先解釋一下Jonathan的處境，他在中環一家證券公司上班，股市暢旺的時候豬籠入水。他在一個新股上市的祝酒會上認識了一個任職財經公關的女孩，旋即打得火熱，閃電同居，然而他很快便發現這女孩的問題——她總是買買買。每月買十多雙高跟鞋、十個八個名牌手袋、一大堆衣服和化妝品，把房子擠得像雜貨店，花的當然是男朋友的錢。Well，Jonathan在經濟好的時候是賺到一點，可是這樣揮霍也不是辦法，而且現在股市一片沉寂。他在公司受了氣，回到家裏看見那滿屋的衣服鞋襪，幾乎想尖叫。

幸好女朋友迷信正月不能買鞋，最近才暫時擱下這種「嗜好」，卻依然興致勃勃地買手袋和衣服。Jonathan甚至因為女朋友太喜歡買東西而曾經想過跟她分手。「那麼嚴重？」我問。「不過是比較喜歡買東西罷了。既然扮靚是女人的終身事業，那麼購物是免不了的吧。」我試圖為女人（包括我自己）辯護。

「Daisy，我的女朋友不是單純『比較喜歡買東西』而已，她是毫無節制地買！買了的衣服也不見她穿，就擠在房子裏像堆填區！」他嘆口氣，一臉無奈。

若然如他所說「毫無節制地買」，那大概需要找個therapist吧，是不是購物成癮？背後是什麼心理狀況？我也很同情Jonathan，每天下班回家本來想休息一下，卻對著滿屋雜物，心情想好都難。👑

有種就花自己的錢

我購物是有原則的。**我從來**
不花男人的錢。
我所花的全是我
憑自己努力賺來的
血汗錢。花自己的錢買東西
會覺得肉痛，但正是因為痛才
夠爽！

朋友 Jonathan 在中環一家證券公司上班，雖然在股市暢旺時豬籠入水，但正如我們經常在投資產品廣告聽到那史上最廢的忠告：「股票價格可升可跌」，Jonathan 的收入自然也可升可跌，偏偏他女朋友對 shopping 的興致卻只升不跌，這樣下去他遲早破產。起初，女友每月買十多雙高跟鞋、十個八個名牌手袋、一大堆衣服和化妝品，而且買回來後從來不穿。可是沒多久，她開始愈買愈瘋狂，每月碌爆三張男朋友給她的附屬卡，買的東西也由兩三千元一雙的鞋子，「升呢」到過萬元一雙的 Sergio Rossi，再狂掃鑽石耳環、名錶、高級時裝⋯⋯

Jonathan 開始問——她是否有病？

「我不是開玩笑，我懷疑她購物上癮，成了病態購物狂。」Jonathan 說。

「有沒有找 therapist？」我問。

「她很激動，『你即係話我有病要睇醫生啦！』，說我不捨得讓女朋友花錢，反過來指控她有病。」

「但說到底，你在這件事上也有無可推卸的責任吧。」
我說。

Jonathan很驚訝。「又關我事？」

「笨蛋，是你先給她三張附屬卡。」

講到購物，沒有人比我更熱血了。不是我誇口，我真有本事
把購物這行為提升到一個近乎宗教性的忘我境界。可是我
購物是有原則的，我從來不花男人的錢，我所花的全是我
憑自己努力賺來的血汗錢。花自己的錢買東西會覺得肉痛，
但正是因為痛才夠爽。就像按摩，痛完之後全身就像脫胎
換骨一樣，排毒是也。有種就花自己的錢去購物，假如依然
失控地買，那就花自己的錢去看醫生吧。♛

忽然浪漫

浪漫就在日常生活的每一個細節裏，在於平凡生活裏一點點不平凡的衝動與熱情。

忽然浪漫

情人節，又是一年一度忽然浪漫的時候。

我是經常忘記情人節的人。情人節對我來說並不浪漫，跟愛情也沒半點關係，這只是「消費節」，而且非常擾民，那天到處塞車，就算你能擠進餐廳吃飯，也被迫吃那些又貴又難吃的情人節套餐，大家都吃千篇一律的食物，做千篇一律的事情。It's boring。

也許你會認為我不懂浪漫，那可錯了，我是一個無可救藥地喜歡浪漫的人。但我所說的「浪漫」是一種生活態度，這包括對工作、愛情、興趣和生命中的一切。對我來說，浪漫就在日常生活的每一個細節裏，在於平凡生活裏一點點不平凡的衝動與熱情。我討厭在什麼節「忽然浪漫」的造作，滿街的男孩突然都去花店搶花，像個傻瓜。女孩子們在街上捧著千篇一律的花束，人有我有。

情人節到底跟「情人」有什麼關係？正如聖誕節還有多少人會想起耶穌？想想看，在眾多節日中，實際上仍與主題有關的似乎就是清明和重陽了，至少仍有人真的會為先人掃墓，掃墓

完畢也毋須被迫吃「清明節套餐」。不過，hey，等等，好像也有「套餐」供先人享用啊，一份豪華套裝包括豪宅、保時捷和最新型號的 iPhone，連紙紮激光美容儀都有，買兩套還有八折。

有人問我曾經歷過最浪漫的一幕是怎樣的？我想了一下，大概就是這樣吧：跟我喜歡的人一起坐在屋簷下的長椅看天空下雨，我從沒跟他說我喜歡他，他也從未跟我說喜歡我，我們只是靜靜地看雨，感受時間流過，感受我們之間空氣的流動，那是一種彷彿有生命似的空氣，在兩個可能正在相愛，卻從未揭開秘密的人之間靜靜流動的空氣。這就是浪漫。♛

跟喜歡的人一起坐在屋簷下的長椅看天空下雨，
我從沒跟他說我喜歡他，
他也從未跟我説喜歡我。
我們只是靜靜地看雨，
感受時間流過，
感受我們之間空氣的流動，
那是一種彷彿有生命似的
空氣，在兩個可能正在相愛，
卻從未揭開秘密的人之間
靜靜流動的空氣。

這就是浪漫。

忽然浪漫

只有你

可以令你

幸福

你需要不被別人拖垮的獨立，這包括經濟獨立，也包括心靈上不倚賴他人。所以女人一定要工作，即使已婚。工作不只為錢，更為見識，做些令你滿足、自豪的事吧。別擔心那些超出你控制範圍的事情，也別嘗試改變別人，因為那只會浪費時間。**我們唯一能控制的就是自己，所以一定要善待自己。**

只有你可以令你幸福

一位讀者來信訴說「婚姻失敗」的經歷。

她說外人並不知道原來她這麼「失敗」，還以為她很幸福，是模範夫妻。實際上，她在三年前揭發丈夫有外遇，雖然發誓跟小三斬纜，但作為妻子心中的刺卻怎麼也除不去，丈夫每次夜歸或身上有酒氣就疑神疑鬼，心想他一定又去找那個女人了。就這樣，她陷入了抑鬱的迷宮。

這篇文章並非針對男性，女人紅杏出牆也不是新聞。但來信的是女讀者，我就用她的處境去講。不論男女，只要是有情感的人，都可應用。

其實，伴侶不忠這經歷並不是你想像中那麼壞，甚至是好事。

很驚訝我這樣說吧？但事實確是如此。從前以為幸福就這麼簡單，我毫無保留地信任你，你毫無保留地信任我。但因為伴侶的背叛，你才終於有機會明白你的人生應該毫無保留地屬於你自己，不用受他人影響，你終於可以徹徹底底做回自己。如果丈夫早早回家吃飯你就開心，丈夫夜歸你就不開心，那麼你就是囚犯，他是獄卒，你的情緒全然受他控制，根本沒有自由。喜怒哀樂都受人牽制，人生最痛苦莫過於此。

「伴侶出軌」在大眾眼中標誌著婚姻失敗，而我們自幼就被灌輸「成敗」的觀念。為了不做別人眼中的 loser，很多人寧願死撐，在人前擺出完美形象。我覺得挺悲哀的，平常生活都要為自己做 branding，你是「貨」嗎？

沒有人 care 你是否完美。說得直接一點，其實沒有人 care 你，因為大家為了自己的生活已經疲於奔命。在 Facebook like 你的 post 不等於關心你，gossip 你的事也不代表 care 你。既然如此，那就不用在意別人的看法了。

離婚還是原諒他？這並非重點。關鍵是今後你用什麼態度去看你自己。若選擇原諒他就好好待他，不要一天到晚舊事重提，否則大家無癮。但不提不代表欺騙自己什麼也沒發生過，反而應該利用這件事去磨練自己，學習成為一個泰然自若的人。是的，我強調是磨練自己，不是磨練對方，也不是磨練婚姻，因為婚姻靠兩個人合力維繫，無論你如何努力也不能控制對方將來會不會出軌。

將來無論他忠誠也好，再次出軌也好，都不影響我。我有我的舞台，有我的精彩，別人想來分享，我歡迎；別人不欣賞，我自得其樂。

你需要不被別人拖垮的獨立，這包括經濟獨立，也包括心靈上不倚賴他人。所以女人一定要工作，即使已婚。工作不只為錢，更為見識，做些令你滿足、自豪的事吧。別擔心那些超出你控制範圍的事情，也別嘗試改變別人，因為那只會浪費時間。我們唯一能控制的就是自己，所以一定要善待自己。

只有你可以令你幸福。👑

只有你可以令你幸福

《Time Will Tell
——我這樣讀歷史》

e-book

原來歷史書可以咁有趣，完全唔悶！

- 由瀕臨亡國到成為全球最幸福國家、少年大衛打倒巨人哥利亞現實版——芬蘭

- 為何納粹德軍僅花六星期就輕易吞併巴黎？

- 巴黎如何奇蹟地逃過被希魔焚城的浩劫？

- 洗腦使人自願為奴——為何會有人崇拜一舊屎？

- 變態獨裁者的婚姻和愛情——希特拉與墨索里尼

- 就是不認命——南韓近代史

- 從韓劇看歷史——假如沒有希特拉，二戰就能避免嗎？

- 興中會第一任會長，比孫中山更早投身革命，名字卻被刻意抹掉的香港人——楊衢雲

- 沖繩戰役期間，日軍下令沖繩居民大規模自殺，告訴島民美國人會強姦婦女，殺掉男人，得在美軍登陸前自殺，每戶發兩枚手榴彈，結果祖父殺死兒孫，丈夫殺死妻子⋯⋯

- 古代中國篇：超級富豪的宿命——江南首富沈萬三；孫臏完美示範「君子報仇十年未晚」

- 緬甸篇：軍方領袖因迷信占星預言而穿著女人衫；因為9是總統的幸運數字而全國廢鈔，改發45元和90元鈔票；導致羅興亞人被屠殺，鼓動者是「緬甸拉登」？而「緬甸拉登」竟是我佛慈悲的僧人？

二十幾歲，誰不嚮往漂泊？
生命充滿無限可能性，
覺得自己永遠不會死。

《我沒忘記　那年的你
——蘭開夏道前傳》

這是一個發生在英國的故事。

我們三個女孩一起住在 South　Kensington
一座白屋，過著輕狂的生活，用香檳做早餐，
哼著 Beatles 的 *Like Dreamers Do*……直至
懷孕少女蘇止歧躲進我們家中以逃避父親的
「追捕」。

秘密被一層層揭開，原來背後隱藏著蘇止歧對
父親的極端報復計畫！

這時我遇上 Philip。那張臉的輪廓，有種彷彿
可以看見皮膚底下骨頭似的酷。我愈討厭這個
自以為是的人，就愈渴望走近他。

茫茫人海，為何偏偏遇上你？

善待自己系列

《下半生，難道就這樣過嗎？》

人之所以會變得麻木，是為了保護自己。
起初，心是熱的，卻因此而吃虧了，受傷了，
於是漸漸將自己抽離，在周圍築起了一道牆。

e-book

王迪詩 著

Dᵂ

《長大了才明白的二三事》

- 被討厭，也並非世界末日
- 世上沒有不用付出就能得到的幸福
- 衰到貼地，原來還有轉機
- 連粗口也不足以回應世界的荒謬
- 學會分辨誰值得你交心，誰不值得
- 別再那麼容易受騙，好嗎？
- 連你都不喜歡自己，別人如何喜歡你？
- 要學懂生活，而不是生存
- 不要勉強自己，即使對父母親人
- 放棄也是一種成熟
- 贏了，不需要告訴別人

《活著
就有如果》

王迪詩 著

- 吃好每一頓飯，腳踏實地去做我該做的事
- 將自己放得太大是很難快樂的
- 我不想變成自己看不起的人
- 冷靜應對 戒掉情緒
- 有些人，疏遠更好
- 就算世界讓你失望，其實也沒什麼大不了

- 當善良會被懲罰，地球就只剩人渣
- 沒關係，還有下次……你肯定？
- 對於工作，最理想的態度是認真而不沉重
- 日子難過，quality of life 卻在於我
- 凡事走過總留痕，刻在眼球琢於心

《不怕別人眼光
勇於做自己的十堂課》

做任何事都會有人欣賞，有人批評。

驚，就乜都唔好做。

Don't let other people define you.

《職場見聞錄》
——毒笑厭世版

王迪詩

e-book
及實體簽名書

在職場上，誰沒遇過一兩個人渣？

- 扔蕉皮、放暗箭、雙面人、閃避球、free-rider、真癲、扮癲……

- 人與人形物體：以前愛看 Discovery Channel，因為看飛禽走獸會更了解人；現在每天睜開眼，就以為自己在看 Discovery Channel。

- 老細生日擦鞋仔發起送禮，大家被夾錢（心裏講粗口），當交「保護費」。

- 阿姐荷爾蒙失調關注組：為省時，女上司叫男助手一齊入女廁，要他在廁格門口抄筆記。

- 你有沒有同事逢星期一就病？星期二阿媽撞車，星期三父親中風，星期四阿爺上山，星期五父親不敵死神，一星期內闔家歸西，為了蛇王擺屋企人上檯！

- 職場 Old Seafood：年紀大、out 到爆、對新事物極之抗拒的上司，無知到令人吃驚。他們職位高、人工高，卻是公司的負資產。

- 女上司在電梯大堂罵下屬，貪有迴音——「你白癡癡癡癡癡癡……㗎？」嘩，像拍武俠片，幾有氣勢！

- 女員工控告男上司性騷擾，指他在電郵寫「xx」表示 kisses，「yy」代表性接觸，file name「ajg」是「A Jumbo Genital」的縮寫。

- 每個 office 都需要一個 pantry，不是用來沖咖啡，而是讓員工精神排毒——講是非。

- 僱傭關係就像婆媳關係，兩邊都覺得自己吃虧。將「婆媳關係」包裝得科學一點，就是「管理學」。

- 歷代臣子為老細賣命只有兩種下場——做得差，被殺。做得好，也被殺。哪類人的官職坐得最穩？廢人。

- 經歷「職場整容」，學習圓滑一點，棱角磨平一點，笑容商業化一點，鞠躬的角度正確一點。最後，忘了自己本來是什麼樣子。

作者： 王迪詩

出版： 王迪詩創作室

王迪詩
創作室

封面 設計： Kent Fok_tn PEACOCK

統籌： 黃智龍_W Creative LTD.

助理統籌： 曾浩賢_W Creative LTD.

攝影： MaNChinG@MNCGPHOTOGRAPHY.COM

服裝統籌： the_ss

化妝： Angus Lee

髮型： Adrian Au@Hair Culture

內文 設計： 象（casite）

MFCreative 鳴傳設計 | www.mfcreative-hk.com

攝影： pu@blue sea

圖（內文）：
P.1 Designed by smotrivnebo (Image #23512809 at VectorStock.com),
P.4,5 315899705 Chalanova79/Dreamstime.com, P.6,7,216,217 60103494, 60103325
Alena Ozerova/Dreamstime.com, P.8,9 77869343 Subbotina/Dreamstime.com, P.11
45689374 Fabio Formaggio/Dreamstime.com, P.13 43583882
Apartura/Dreamstime.com, P.16 60045149 Cammeraydave/Dreamstime.com,
P.18,23,59 Andreka/Shutterstock.com, P.20,21 138832198 Roman
Khodzhamedov/Dreamstime.com, P.24,25 babaroga/Shutterstock.com, P.28,29
2348849 Akhilesh Sharma/Dreamstime.com, P.32,33 130522493
CristinaConti/Dreamstime.com, P.36,37 38943408 Youths/Dreamstime.com, P.41
bnamfa/Shutterstock.com, P.43 Anastasiya Shylina/Shutterstock.com,
P.45 Galyna Andrushko/Shutterstock.com, P.48 123292138Ilona
Tymchenko/Dreamstime.com, P.52 113837169 Artjuli933/Dreamstime.com,
P.55,69,124,125 Balazs Kovacs/Shutterstock.com, P.57 24752960
Doczky/Dreamstime.com, P.60 115598869 Kittiphan
Teerawattanakul/Dreamstime.com, P.64-67 78694322
Panaramka/Dreamstime.com, P.76,77 Greenbalka/Shutterstock.com, P.79,81 Alena
Ozerova/Shutterstock.com, P.87 49005780 Pavel Gramatikov/Dreamstime.com,
P.90,91 198646847 Brainstormoff/Dreamstime.com, P.95 2683433 Tomasz
Smigielski/Dreamstime.com, P.98,99 181651849 Kateryna
Mashkevych/Dreamstime.com, P.103 116050623 Pinkomelet/Dreamstime.com,
P.119 BMJ/Shutterstock.com, P.120, 121 40151704 Logray/Dreamstime.com, P.127
Ditty_about_summer/Shutterstock.com,P.129 49427211 Stanod/Dreamstime.com,
P.132,133 303208231 Denys Bilytskyi/Dreamstime.com, P.135 Zhu
Difeng/Shutterstock.com, P.136 16228033 Wawritto/Dreamstime.com, P.148,149
120643 Monika Adamczyk/Dreamstime.com, P.151 Sergey
Karpov/Shutterstock.com,P.157 136010589 Yana Bardichevska/Dreamstime.com,
P.162,163 78194516 Petar Vician/Dreamstime.com, P.165 318969445
VRSprod/Dreamstime.com, P.166,167 160631890 Vera Petrunina/Dreamstime.com,
P.169 154742385 Pop Nukoonrat/Dreamstime.com, P.171 125258538 Darren
Baker/Dreamstime.com, P.173 17721087 Tanadet Mukkathrap/Dreamstime.com,
P.175 DarZel/Shutterstock.com, P.176,177 137225469 Natalia
Bachkova/Dreamstime.com, P.183,184 316258988 Serghei Starus/Dreamstime.com,
P.182 61373709 Anyaberkut/Dreamstime.com, P.192,193 316275531 Volodymyr
Pastushenko/Dreamstime.com, P.195 167665522 Ekaterina
Morozova/Dreamstime.com, P.196 152047699 Viktor Gladkov/Dreamstime.com,
P.199 J2 siwawut/Shutterstock.com, P.200 38653783 Mariadubova/Dreamstime.com,
P.205 315764655 Serghei Starus/Dreamstime.com, P.211 S_photo/Shutterstock.com,
P.212 30368069 Tcj2020/Dreamstime.com, P.213 22744684Apichart
Wannawal/Dreamstime.com, P.213 173608345 Chernetskaya/Dreamstime.com,
P.218 Marukopum?Shutterstock.com, P.222 Designed by lemonos (Image #27459456
at Vectorstock.com)

首版： 2012年 增訂版： 2024年 出版地： 香港

ISBN： 978-988-74332-5-5

王迪詩
獨家專欄 + 直播

www.patreon.com/daisywong

- 愛書人必聽聲音節目《三分鐘閱讀》
  每集 Daisy 都會介紹一本好書

- 每星期直播推介好書、英美日韓劇、講歷史、
  哲學、音樂

- 會員可隨時重看昔日 100 多場直播

- 推介多間高質餐廳；各種生活分享；專欄文章

- Latte 會員全年獲贈大量免費電影門票，
  並可參加私人聚會

王迪詩
▪ e-book

▪ 絕版簽名書、
親筆簽名紀念品

https://payhip.com/daisywong